KB103217

<조지아 아르메니아 여행기 2>

코카사스의 보물을 찾아 2

송근원

〈조지아 아르메니아 여행기 2〉

코카사스의 보물을 찾아 2

발 행 | 2020년 6월 24일

저 자 | 송근원

펴낸이 | 한건희

펴낸곳 | 주식회사 부크크

출판사등록 | 2014.07.15.(제2014-16호)

주 소 | 서울특별시 금천구 가산디지털1로 119 SK트윈타워 A동 305호

전 화 | 1670-8316

이메일 | info@bookk.co.kr

ISBN | 979-11-372-1021-9

www.bookk.co.kr

코카사스 산 속의 나라들, 조지아와 아르메니아를 여행한 것은 2018년 10월 24일부터 11월 23일까지 딱 한 달 동안이다.

원래는 이 한 달 동안 아제르바이잔을 포함하여 이른바 코카사스 3국을 여행하려 하였으나, 아제르바이잔 입국 비자 때문에 조지아와 아르메니아만 여행을 한 것이었다.

여정은 조지아의 트빌리시, 카즈베기, 슈아므타, 그레미, 크바렐리, 시그나기, 보르조미, 아칼치케, 바르지아, 바투미, 주그디디, 메스티아, 우쉬굴리를 돌아보고, 아르메니아로 가 예레반, 코르 비랍, 세반, 딜리잔, 고쉬, 에치미아진, 가르니, 아쉬타락 등을 여행한 후 다시 트빌리시로 돌아와 조지아의 트빌리시 시내, 므츠케타, 가레자, 노리오, 짤카, 치아투라 등을 여행한 것이다.

이들을 기록한 것은 너무 분량이 많아 3권으로 나눌 수밖에 없었다.

곧, 〈코카사스의 보물을 찾아 1〉은 조지아의 트빌리시와 슈아므타, 텔라비, 그레미, 네크레시, 크바렐리, 시그나기, 보드베 등의 카헤티 지방과 아나누리, 구다우리, 카즈베기 지역, 그리고 보르조미, 아칼치케, 바르지아 지역을 여행하며 느낀 것들을 기록한 것이다.

〈코카사스의 보물을 찾아 2〉는 조지아의 바투미, 주그디디, 메스티아, 우쉬굴리 등을 여행 한 후, 아르메니아로 넘어가 예레반에 거처를 두고, 코르 비랍, 세반 호수, 딜리잔, 고쉬를 방문한 것을 기록한 것이다.

〈코카사스의 보물을 찾아 3〉은 아르메니아의 에치미아진, 아쉬타락, 예레반, 그리고 조지아로 다시 돌아와 트빌리시 시내와 므츠케타,노리오, 가레자, 짤카, 치아투라 등을 방문한 내용이다.

이 책 〈코카사스의 보물을 찾아 2〉에 수록된 내용을 간략히 소개하면 다음과 같다.

조지아는 여행하기 좋은 나라이다. 기후 좋고, 자연 경관 좋고, 먹을거리 좋고, 교통비와 호텔비 싸고, 거기다 우리나라 여권은 365일 비자가 면제되는 나라이기 때문이다.

조지아 흑해 연안의 바투미 역시 머물며 쉬고 싶은 도시이다. 여기엔 이아손의 황금양털 전설이 서린 곳이지만 바닷가 쪽에 공원이 조성되어 있고, 이곳저곳에 솟은 건물들이 하나같이 예술품이어서 잊혀지지 않는 곳이다.

때로는 노아의 방주가 여기로 왔다는 얘기도 있다. 그래서 포도를 처음 재배하게 되었다는 이야기와 함께.

그만큼 이곳 포도주는 맛있다. 세계적으로 알아주는 품질이다.

또한 바투미의 해넘이는 정말 황홀하다. 바투미 바닷가의 자갈 위를 걸으며 지는 해를 바라보라!

한편 스바네티 지역의 메스티아와 우쉬굴리에는 커시키라는 굴뚝집이 유명하다.

물론 이곳의 설산 역시 카즈베기의 설산 못지않다. 우뚝 솟은 설산 아래 저마다 굴뚝집을 하나씩 달고 옹기종기 모여 사는 마을의 풍광은 평화롭고도 아름답다.

이렇게 아름답고 평화로운 풍경이 사실은 외세에 시달려 온 스바네티 사람들의 역사를 간직하고 있다는 사실은 참으로 아이러니하기도 하다.

한편 아르메니아로 넘어가면 여기에도 역시 볼거리, 이야깃거리가 많다.

기독교가 세계 최초로 공인되기까지 13년 동안 성 그레고리가 갇혀 있던 코르 비랍의 지하 감옥, 여기엔 반드시 들어가 봐야 한다. 들어가 보기만 해도 이런 곳에서 어찌 13년을 견디었을까 저절로 현장 체험이 되는 곳이다.

그리고 이곳에선 노아의 방주가 최종적으로 안착했다는 아라라트 산을 가까이에서 볼 수 있다.

아라라트 산은 아르메니아인들의 성산이지만, 현재 터키 영토이다. 러시아가 지배할 때 아르메니아를 견제하여 터키 땅으로 떼어 준 것이어서 아르메니아인들의 한이 맺힌 곳이기도 하다.

한편, 세반 호수의 기막힌 풍광 역시 볼 만하다. 세바나방크 수도원과 호수, 그리고 호수 너머의 둥근 설산은 아직도 눈에 선하다.

예레반의 성 그레고리 대성당, 세반 호수의 세바나 방크 수도원과 하이라방크 수도원, 딜리잔 국립공원 안에 있는 하가르친 수도원, 그리고 고쉬에 있는 고쉬아방크 수도원도 방문해 볼 만한 곳들이다.

그러나 무엇보다도 아르메니아의 문화와 예술이 특히 인상에 남는다. 예레반의 캐스케이드는 물론, 거리 곳곳의 동상들과 설치물들은 아르메니아가 국민소득 3,000달러의 못사는 나라라고는 전혀 생각할 수 없을 정도로 예술적이다

아르메니아는 진정 문화와 예술이 풍부한 나라이다..

이 책 〈코카사스의 보물을 찾아 2〉에서 기록한 코카사스의 산속 마을이나 흑해 연안의 도시, 그리고 아르메니아의 곳곳에는 옛 그리스 신화나 구약성경과 관련된 곳들이 많아, 이들 이야기를 반추하며 돌아다니면 그 재미가 매우 쏠쏠할 것이다.

지금까지 이야기한 것들 역시 모두 코카사스가 품고 있는 보물들이다.

이러한 코카사스의 보물들을 찾아보시면 어떨까?

이 책을 읽고, 코카사스의 보물을 찾아 떠나시는 데 도움이 되기를 기대한다.

2019년 3월 전자출판하고,
2020년 6월 칼라판 종이책으로 출간함
송원

차례

조지아: 바투미(2018.10.31-11.1)

우쉬굴리

조지야: 주그디디/메스티아/우쉬굴리
(2018.11.2.-11.4)

대통령궁과 극장

조지야: 주그디디/트빌리시
(2018.11.4.-11.5)

예레반 가는 길

아르메니아: 예레반(2018.11.5.-11.7)

세바나방크 수도원

**아르메니아: 코르비랍/세반/딜리잔
/고쉬(2018.11.8-11.9)**

26. 내 귀가 어두워졌나?

2018년 10월 31일(수)

9시에 보르조미에서 바투미로 출발하는 마슈르카를 탄다. 버스비는 17라리이다.

9시15분이 되어서야 출발한다.

10시 5분쯤 왼쪽 편에 요새가 보인다.

수라미 요새(Surami Fortress)이다.

좌석은 꽉 찼는데, 사람들은 자기 몸보다 더 큰 짐 덩이를 들고 타고 있다. 의자 앞과 밑에도 짐들이 있다.

이게 짐차지!

수라미 요새

조지아 바투미

바투미: 흑해

　서민들의 생활을 경험하는 것이다.

　결국 어느 정류소에선가, 운전기사가 짐을 꺼내라 명령하고 그것을 차 지붕 위에 옮긴다.

　진즉에 그렇게 할 일이지!

　이 차가 쉬긴 또 이리 많이도 쉰다. 쿠타이시(Kudaisi)로 돌고 돌아 쉬고 또 쉬고. 휴게소에서도 세 번이나 쉰다.

　쉴 때마다 내리고 태우고를 반복하여 바투미에 도착한 건 오후 세 시이다.

　거의 여섯 시간이나 걸린 것이다.

　지도를 보면, 보르조미에서 어제 갔던 아칼치케를 지나 바투미로 가는 간선도로도 있던데…….

26. 내 귀가 어두워졌나?

아마 택시를 탔으면 이렇게 돌아가지도, 쉬고 또 쉬면서 가지도 않았을 거다.

보르조미를 방문하신 분들은 택시를 타고 바로 바투미로 가시라고 강력 권하고 싶다.

이 길이 훨씬 경치도 좋고, 지름 길이어서, 그리고 아칼치케 성을 보지 않으신 분은 아칼치케 성에 들렸다 가도 되기 때문이다(요건 흥정하기 나름이다).

만약 직행한다면 한 두세 시간이면 바투미까지 갈 수 있을 것이다.

바투미 버스정류장에서 내리니 높이 130미터의 알파벳 타워와 머리 위로 올라가는

바투미: 스카이 타워 호텔

조지아 바투미

케이블카가 우릴 맞는다.

예약한 호텔로 택시를 타고 간다.

호텔은 5성급 호텔인 스카이 타워 호텔이다.

이 선생이 아침 포함 132라리(약 60,000원)에 예약해 놓은 호텔이다.

호텔은 겉으로 보면 원통형으로 별 모양이 없어 보인다. 그렇지만 객실로 들어가면 전망이 아주 좋다.

504호 키를 받아들고 호텔로 들어가니 바다가 보이는 전망이 아름답다. 방도 깨끗하고 이 선생 말마따나 돈대로 간다.

일단 침대에 눕는다.

그러자 잠이 살살 온다.

바투미: 호텔에서 내다 본 흑해

26. 내 귀가 어두워졌나?

몽돌 해변

방에서 잠시 쉬다가 5시가 넘어 밖으로 나간다. 이곳에서 유명하다는 몽돌해변을 거닐며 해넘이를 사진 속에 담기 위해서이다.

바닷가로 가니 몽돌해변이기는 한데, 돌이 동글동글하게 일정하지 않다.

우리나라에서 보는 몽돌과는 질이 다르다. 우리 몽돌이 훨씬 낫다.

어떤 여행기에 의하면, 동글동글한 수천 개의 자갈들이 파도에 휩쓸려 '자르륵 자르륵' 소리가 난다고 하는데, 순 뻥이다.

아무리 귀를 기울여 봐도 '자르륵' 소리는 나지 않는다.

'내 귀가 어두워졌나?'

'어쩜 마음이 메말랐겠지.'

'그렇군, 세파에 찌든 마음으론 돌들의 자르륵거리는 합창 소리를

조지아 바투미

들을 수 없겠지?'

여기서 '자르륵' 소리를 듣는다면. 그는 시인일 거다.

어찌되었든 돌들도 닳기는 닳아 모진 데는 거의 없지만 전부 동글동글한 아름다운 형태를 띠는 것도 아니고.

26. 내 귀가 어두워졌나?

27. 지는 해는 요술쟁이이다.

2018년 10월 31일(수)

경치는 좋다. 시내의 고층빌딩들과 바다, 그리고 지는 해!

해변 저쪽으로 등대를 찍는다.

벌써 해가 지면 서쪽 하늘을 붉게 물들인다.

석양을 찍는다.

바닷가 옆의 건물들이 지는 해의 마지막 빛을 받아 붉게 타오른다.

나선형의 계단을 오르게 되어 있는 등대 역시 햇빛을 받아 붉으스레 얼굴을 붉힌다. 아파트 같은 건물들도 마찬가지이다.

지는 해는 요술쟁이이다.

저쪽 편 바닷가

등대

조지아 바투미

바투미 해변가 건물들

바투미 해변: 해넘이

27. 지는 해는 요술쟁이이다.

로 삐죽 나온 다리 위에는 낚시를 하는 사람들의 모습이 검은 실루엣으로 나타난다.

주내에게 뛰어가라 하고는 사진에 넣는다.

사진기가 좋아서인지 정말 잘 나온다. 어떻게 찍어도 황홀한 작품 사진이다.

이제 컴컴해진 밤이다.

저녁을 먹어야 한다. 전화기 앱에서 가까운 맛집을 찾는다.

바투미 해변: 해넘이

세상 참 편리해졌다.

현대식 유리로 된 맥도날드 가게를 지나 사잔다리(Sazandari)라는 식당으로 들어가 돼지갈비(15라리: 약 7,000원) 감자튀김(4라리: 약 1,900원), 레모네이드(2.5라리: 약 1,200원)를 시켰는데, 여기에 세금

조지아 바투미

맥도날드

까지 합하여 24라리, 그러니까 우리 돈으로 11,000원 정도에 잘 먹는다.

다시 호텔로 돌아간다.

호텔 앞의 병을 거꾸로 놓은 듯한 건물이 무지개 색으로 채색한 듯하다.

가까이 가서 보니 공공 서비스홀(Public Service Hall)이다.

이 홀 옆에는 팔과 다리를 활 모양으로 휜 여인의 대리석 조각상이 있는데, 이 조각상 안에서 등 뒤로 남자의 조각상이 나와 팔을 지나 다리 쪽으로 움직인다. 이 조각상은 천천히 돈다.

누군지 몰라도 아이디어가 참 좋다.

역시 예술은 아이디어이다.

27. 지는 해는 요술쟁이이다.

공공서비스 홀

조지아 바투미

공공서비스 홀 옆 동상

춤추는 분수

27. 지는 해는 요술쟁이이다.

춤추는 분수

이 조각상 너머로 춤추는 분수(Dancing Fountains)의 분수 쇼가 펼쳐진다.

호수 앞의 벤치에 앉아 분수 쇼를 감상한다.

분수 한 가운데가 뿌예지며 안개가 형성되고 그 안에서 날개달린 천사가 춤을 춘다.

분수 쇼도 많이 발전한 것이다. 음악에 맞추어 분수가 춤을 추는 것은 물론, 이제는 레이저 영상 기술이 접목되어 분수 가운데에서 춤추는 인물까지 입체적으로 보여주고 있다.

분수 쇼를 한참 구경하다가 일어선다.

날씨가 차기 때문에 호텔로 돌아왔지만 창밖으로는 분수 쇼가 계속 펼쳐지고 있다.

조지아 바투미

따뜻한 침대에 누워서도 분수 쇼를 감상할 수 있으니 천국이 따로 없다.

27. 지는 해는 요술쟁이이다.

28. 바투미 시내 구경

2018년 11월 1일(목)

아침 8시 반, 식당으로 내려가 아침을 먹는다. 그런데 별로 먹을 게 없다.

초롱 씨는 여정에 없는 터키를 가자고 조른다. 원래 여정은 메스티아(Mestia)로 가야 하는데…….

터키의 화폐가치가 반 토막 나는 바람에 터키로 가면 정말 싸게 여행을 할 수 있을 것이다. 거기다 터키엔 가보지 않았으니, 이참에 터키로 가고 싶은 거다.

우리야 터키에서 6개월을 살면서 이곳저곳 샅샅이 훑었으니 다시 간다 해도 앙카라와 그 동쪽 지역은 몰라도 이스탄불까지 가는 것은 일정상 무

바투미 시내: 해변

조지아 바투미

바투미 시내: 해변

리다.

결국 이 선생 부부는 터키로, 우리는 원래 계획대로 가기로 결정한다.

조금은 섭섭하고, 한편으론 배신감 느낀다.

호텔에 메스티아 가는 방법을 물어보니, 버스는 트빌리시에서만 있다고 하면서 택시타고 가라고 한다. 택시비는 300라리란다.

가만 있자, 300라리면 14만원 돈 아닌가? 두 집이 같이 내면 그렇게 큰돈도 아닌데…….

초롱이네가 같이 간다면, 차비(택시비)를 절약하고 편히 갈 수 있겠지만, 어쩔 수가 없다.

일단 내일 여정은 중간지점인 쭈꾸디디(Zugdidi: 주그디디를 우리는 그냥 쉽게 쭈꾸디디라고 했는데, 주그디디라고 하는 것보다 훨씬 잘 알아 듣는다)까지 가서 버스를 갈아타고 메스티아(Mestia)로 가기로 결정한 다.

안 되면 쭈꾸디디에서 자면 되지 뭐!

오늘 오후엔 인포메이션 오피스에 가서 각자 가는 곳의 차편을 알아보고, 알아서 시내구경을 하기로 한다.

이 선생은 다른 호텔을 알아보자 한다.

이 선생과 함께 시내 구경 겸 아파트 호텔이나 싼 호텔이 있을까 하여 호텔 가까운 곳부터 수족관 돌피나리움(Dolpinarium), 시 동물 원(City Zoo)를 거쳐 바닷가를 따라 돌아다닌다.

바투미 해안은 공원이 조성되어 있고 곳곳에 조형물들이 있어 어

포세이돈 동상과 분수

조지아 바투미

바투미 시티 센터 / 레드 코 바투미 타워

28. 바투미 시내 구경

슬렁거리기 딱 좋다.

가는 길엔 야자수가 늘씬늘씬 서 있어 가슴이 시원하다.

오전 내내 이곳저곳 호텔과 아파트 따위를 알아본다고 돌아다녔으나, 덕분에 재미있는 건물들과 기념물 동상 등을 구경한 셈이 되었다.

그 가운데 무슨 건물인지 이름은 몰랐으나, 건물 상층부 중간을 반원형으로 움푹 파놓고 그 안에 아래위로 빙빙 돌아가는 노란색의 여덟 개 놀이기구가 설치되어 있고, 그 반대편 역시 반원형으로 파인 곳에 테라스를 설치한 방들이 보이는 특이한 건물이 눈길을 끈다. 다.

나중에 인터넷을 뒤져보니 어떤 사진작가가 찍은 사진에는 바투미 시티 센터(Batumi City Center)라고 나와 있는데, 호텔에서 얻은 지도에는 레드 코 바투미 탑(Red Co. Batumi Tower)으로 되어 있다. 어느 것이 이 건물 이름인지는 잘 모르겠다.

자세히 보니 건물 꼭대기 노란 놀이기구 위쪽에는 굽어진 원추형의 검은 조형물이 설치되어 있고, 건물 벽은 푸른색의 기하학 무늬가 현대식 감각을 자랑한다.

이 건물의 이런 특징은 아마도 이곳 바투미와 관련된 그리스 신화의 '황금양털과 이아손의 이야기'를 건물에 반영하고자 하는 건축가의 의도 때문이라고 생각한다.

노란색의 놀이 기구는 아마도 이곳 바투미와 관련된 '황금 양털'을 상징하는 듯하고, 건물 꼭대기의 검은 원추형 조형물은 양의 뿔을 상징하고, 푸른색의 건물 벽은 무늬는 바다를 상징하는 것 아닐까?

여러분이 보시고 판단하기 바란다.

조지아 바투미

29. 황금양털에 얽힌 이야기

2018년 11월 1일(목)

여기서 잠깐, 황금 양털 이야기를 간단히 알아보자.

흑해 연안의 해안도시 바투미(Batumi)는 황금양털을 찾아 콜키스 (Kolkhis) 왕국으로 온 이아손과 메디아의 사랑이야기를 품고 있는 도시이다.

보이오티아 왕 아타마스와 요정 네펠레 사이에는 프릭소스와 헬레라는 쌍둥이 남매가 있었는데, 이 임금님, 이노라는 여자에게 홀딱 반해 네펠레를 팽개치고 결혼한다.

이노는 곡식의 씨앗을 볶아서 곡식이 자라지 못하게 만든 후 농부들이 신탁을 구하게 만들

현대식 호텔 건물

어 놓고는, 미리 신탁 사제를 매수하여 프릭소스와 헬레를 제물로 바쳐야 된다고 예언하게 만든다.

이 멍청한 임금님은 자기 자식인 프릭소스와 헬레를 신의 제물로 바치게 되는데, 생모인 네펠레는 헤르메스에게 얻은 황금 양털의 숫양을 남매에게 보내 이들 남매가 이 황금 양을 타고 하늘 높이 솟아올라 도망을 친다.

아르메니안 사도 교회

그런데 아, 이게 웬일인가!

도망가다가 헬레는 바다에 떨어져 죽게 된다.

떨어져서 죽은 바다가 어딘고 하면, 에게(Ege)해와 마르마라(Marmara)해를 잇는 헬레스폰트 해협((Hellespont: 헬레의 바다라는 뜻)이라고 한다.

조지아 바투미

황금 양털을 든 메데이아

29. 황금 양털에 얽힌 이야기

프릭소스는 콜키스로 도망가 콜키스의 왕 아이에테스의 환대를 받아 칼키오페와 결혼을 한다.

한편, 황금 숫양을 잡아 제우스에게 제사지내고, 황금 양털은 아레스 숲의 참나무에 걸아 놓았다.

한편, 이아손은 이복 형 펠리아스와 왕위를 다투다, 펠리아스가 "콜키스로 가 황금 양털을 구해오면 왕위를 내주겠다."고 제안한다.

이에 속은 이아손은 황금양털을 구하러 그리스의 영웅들을 데리고 아르고(Argo) 원정대를 꾸며 콜키스로 가 아이에테스 왕에게 "황금 양털을 줍시사." 부탁한다.

아이에테스 왕은 "입에서 불을 뿜는 황소로 밭을 갈고 거기에 용의 이빨을 뿌리면 황금 양털을 주겠노라."라고 하면서 은근히 거절한

유럽 광장

조지아 바투미

다.

한편 아이에테스 왕의 딸 메데이아는 일찍이 마법에 눈을 떠 마술을 배웠는데, 이아손에게 첫눈에 반해 사랑을 하게 된다.

사랑에 눈이 먼 메데이아는 아버지 아이에테스를 배신하고 이아손에게 황금양털을 건네준다.

바투미 시티 센터 / 바투미 타워

황금양털을 얻은 이아손과 메데이아는 아르고 호를 타고 야반도주를 하게 되는데, 아이에테스가 가만히 있겠나, 쫓아오지.

그러자 메데이아는 동생 압시르토스를 토막내 살해하고 그 시체를 하나씩 바다에 던져버렸다.

그러자 아이에테스 왕은 시신을 수습하느라 추격하지 못하고 요 년놈들을 놓치게 된다.

이곳 바투미엔

29. 황금 양털에 얽힌 이야기

메데이아가 이아손과 도망치기 위해 죽였던 동생 압시르토스의 무덤이 남아 있다.

찾아보시라!

고향으로 돌아온 이아손과 메데이아는 펠리아스에게 잔인하게 복수를 한다.

메데이아는 펠리아스의 딸들에게 늙은 양을 토막내어 솥에 집어넣고 삶으니 어린 양이 되어 나오는 마술을 보여준 후, 펠리아스도 자신의 마법으로 젊

바투미 시내

음을 찾아주겠다고 꼬셔서 딸들이 아버지를 토막내어 삶게 만들었다.

결과는? 물론 그냥 고깃국이 되었지.

그러나 이런 잔인한 살해에 반발한 신하들과 백성들 때문에 이아손은 왕위에 오르지 못하고 코린트로 도망간다.

코린트에선 코린트 왕 크레온의 딸 글라우케가 이아손에게 홀딱

조지아 바투미

바투미 해변의 건물들

빠져 청혼을 하게 되고, 코린트의 왕위가 탐이 난 이아손은 메데이아를 버리고 글라우케와 결혼하게 된다.

이에 분노한 메데이아는 코린트 왕과 신부를 죽이고, 이아손과의 사이에 난 두 아들까지 죽여 버리고 도망쳤다고 한다(일설에 의하면 분노한 코린트 시민들이 헤라 신전에 숨어 있던 이 아이들을 잡아 죽인 것이라 한다).

메데이아는 아테네로 도망가 아이게우스 1세와 결혼하지만, 아이게우스의 아들 테세우스를 독살하려다 실패하고, 콜키스로 돌아와 메디아 왕국을 세운다.

사설이 너무 길어졌다.

한편, 사금을 채취할 때 양털 달린 양가죽을 물에 담가 놓으면 사

29. 황금 양털에 얽힌 이야기

금이 달라붙어 황금 양털이 되었다는 설도 있다.

어찌되었든 그리스 신화는 바투미 이곳저곳에 녹아 있다.

바투미 시티 빌딩도 그렇고, 유럽광장 주변을 보면 황금 양털을 들고 있는 메디아 동상도 있고, 바다의 신 포세이돈이 삼지창을 들고 있는 분수도 있다.

또한 건물들도 볼만하다.

천문시계 건물

호텔, 카지노 등으로 쓰이는 현대식 건물들도 많고, 옛 건물들도 있고, 동상이나 기념탑, 박물관, 미술관 등도 많아 눈을 즐겁게 한다.

옛날 석조 건물에는 달의 위상과 태양의 위치를 알 수 있는 장식용 시계가 달려 있기에 천문시계(Astronomical Clock) 건물이라 부르는데, 겉모습이 동화 속에 나오는 건물처럼 아름답다.

조지아 바투미

30. 바투미의 밤 경치

2018년 11월 1일(목)

그냥 호텔로 돌아와 하룻밤을 더 연장하며 호텔비를 110라리(약 50,000원)로 깎는다. 대신 별로 먹을 거 없는 아침 식사는 빼기로 한다.

점심은 10라리 주고 아자리안 카차푸리(Ajarian Khachapuri)'와 레모네이드로 때운다. 카차푸리는 이곳 토속 음식인데, 가운데에 치즈와 달걀을 넣은 피자 비슷한 빵이다.

우리는 여행하는 동안 기억하기 좋게 '가짜부리'라 불렀는데, 음식점에선 신기하게도 잘 알아듣는다.

구경할 만한 곳으로는 고니오 아프사루스 요새(Gonio-Apsarus

고니오 요새: 집터 유적

아르고 케이블카

Fort)요새가 있는데, 17번 버스를 타고 가면 된다고 하여 버스를 타고 고니오 요새로 간다.

시간은 4시 가까이 되었다.

이 요새는 자그마한 성인데, 안으로 들어가 보니 크게 볼 것은 없는 옛 유적터이다.

요새 가운데에 조그만 박물관이 있고, 옛 집터 등이 보이고, 옛 하수도 시설도 보인다.

한 바퀴 둘러보고 나오는데 30분이 채 안 걸렸다.

그래도 시내에서 벗어나 바람 쐰 것으로 만족한다.

다시 버스를 기다려 타고 시내로 들어와 아르고 케이블카(Argo Cable Car) 타는 곳으로 간다.

케이블카를 타고 정상에 올라 바투미 시내의 야경을 구경하려는

조지아 바투미

바투미 시내: 해 지기 전

케이블 카 정상

30. 바투미의 밤 경치

바투미 시내: 해 진 후

것이다.

케이블카가 올라가는 산의 높이는 252m이고, 올라가는 길이는 2,586m로 꽤 길다.

올라가며 시내를 바라본다. 알파벳 타워, 시티센터 따위의 건물과 흑해, 그리고 바투미 시내의 집들이 내려다보인다.

해가 서서히 서쪽으로 넘어가니 시내는 붉은 빛으로 물든다.

정상에 올라 바투미 시내를 찍는다. 해넘이 사진 가운데 멋지게 나온 것은 해가 완전히 넘어가고 서쪽 하늘이 붉게 물든 가운데 바투미 시내에 불이 들어와 반짝이는 야경 사진이다.

소기의 목적은 달성한 셈이다.

정상에 있는 음식점에 들어가 저녁을 먹는다.

조지아 바투미

차차 타워

그리고는 다시 케이블카를 타고 내려와 알파벳 타워 쪽으로 가면서 도시의 야경을 감상한다.

알파벳 타워 가기 전에 차차 타워(Chacha Tower)가 있다. 차차 타워 역시 그런대로 볼 만하다.

한편 130미터 높이의 알파벳 타워는 밤에 보니 더 아름답다.

조명빨의 힘이다.

알파벳 타워는 조지아의 고유문자 33 글자를 DNA 형태로 나선형 띠에 배열한 건물이다.

각각의 문자 크기는 4미터라고 한다.

꼭대기는 공 모양인데, 3개의 층으로 되어 있지만 한 층은 단지

30. 바투미의 밤 경치

33

이동을 위한 층이라서 두 개 층만 사용하고 있다. 곧, 한 층은 식당이고, 위의 층은 파노라마 전망대이다.

요 식당은 밤 9시부터 회전하므로 9시 이후에 식당으로 가는 것이 좋다. 물론 쪼깨 비싸니, 고것은 감안하시고!

이 건물 가운데에는 두 대의 엘리베이터가 있어 요걸 타면 되는데, 7살 미만은 공짜이고, 7-12세까진 2라리이고, 어른은 10라리이다.

이 알파벳 타워는 매일 오전 11시에 열고 밤 12시에 닫는다.

이 앞 광장에선 자전거를 빌려 탈 수 있는데, 지금은 물론 밤이어서 자전거 타는 사람은 물론 없다

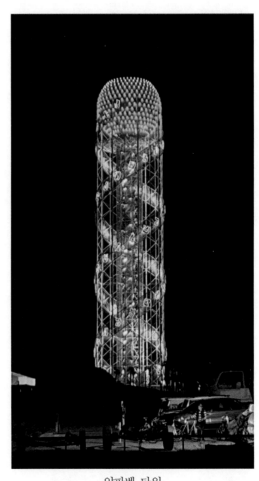

알파벳 타워

조지아 바투미

여기에서 버스를 타고 호텔로 돌아가기 위해 바투미 시티 센터 (Batumi City Center / Batumi Tower)쪽으로 이동하여 버스를 타고 호텔로 돌아온다.

바투미 시티 센터는 낮에도 볼 만하지만, 밤에도 역시 볼 만하다.

낮에는 산뜻하고 시원한 색깔의 빌딩이 밤에는 파스텔 풍의 색조를 띄는 단아한 빌딩으로 변신한다.

호텔로 오다가 내일 아침 먹을 것들을 사기 위해 슈퍼마켓을 찾는다.

큰 슈퍼마켓은 호텔에서 두 블록 떨어진 데 있다.

슈퍼마켓으로 가다보니, 슈퍼마켓 앞 로터리 한

바투미 시티 센터 / 바투미 타워

30. 바투미의 밤 경치

가운데에 흑해의 문(Black Sea Gate)이라는 건축물이 서 있는데, 참 아름답다.

흑해의 문은 밤에 조명이 들어오니 정말 멋지다.

이런 멋있는 건축물은 누구 아이디어일까?

붉은색과 푸른색의 조화, 타원형 곡선과 빗금무늬의 표현, 역시 예술가는 위대하다.

흑해의 문

길을 건너 슈퍼마켓에 들어가 과일과 요구르트, 빵 등을 산다.

조지아 바투미

31. 소금과 술이 뒤집어 쓴 누명

2018년 11월 2일(금)

8시에 호텔에서 체크아웃하고는 택시를 타고 시외버스정류장으로 간다.

시외버스 정류장은 보르조미에서 마슈르카 타고 와서 내린 지점의 안쪽이다.

그때는 여기에서 호텔까지 10라리에 갔는데, 이번 택시 기사는 5라리를 달라고 하기에 5라리에 덤으로 1라리를 더 주니 너무 좋아한다.

서로 기분이 좋다.

상대방이 즐거우면 나도 즐거운 법이다.

바투미 시외버스 정류장 부근의 낡은 아파트

31. 소금과 술이 뒤집어 쓴 누명

그러니 늘 상대방을 즐겁게 해주어라! 스스로 즐거워지는 비결이다.

비록 바투미 식물원과, 돌고래 수족관을 구경하지 않고, 바투미 수산시장을 들려 해산물을 맛보지 못한 것이 아쉽기는 하지만, 이제 바닷가를 떠나 깊은 산속으로 들어가야 하니 새로운 곳에 대한 기대가 생긴다.

바투미에서 메스티아(Mestia)로 싸게 가려면 주그디디

웰몬드 호텔

(Zugdidi: 앞으로는 들리는 대로 쭈꾸디디로 쓴다)로 가서 버스를 갈아타야 한다.

돈 많으면 그냥 택시타고 가도 된다만······.

9시에 출발하는 버스를 탈 때까지 시간이 좀 남아 시외버스 정류장 부근을 시찰한다.

조지아 주그디디

이 부근의 건물들은 많이 낡았다. 낡은 아파트를 보니 빈부의 차이가 느껴진다.

철길을 건너면 현대식 건물인 웰몬드 호텔(JRW Welmond Hotel)이 독특한 디자인을 자랑하며 서 있고, 그 맞은편에는 카톨릭 성당인 바투미 성령 성당(Batumi Holy Spirit Basilica)이 있다.

바투미 성령 성당

그 옆으로는 아브라시아 바투미 국제대학(Avrasia Batumi International University)의 현대식 건물이 있다.

9시 차가 9시 15분이나 되어 출발한다.

바닷가 길을 따라 도시가 형성되어 있다.

길이 좋다. 쭉 쭉 뻗은 가로수가

31. 소금과 술이 뒤집어 쓴 누명

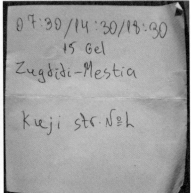

바투미에서 알아본 바투미-메스티아 가는 정보

보기 좋다.

가다보니 돼지가 돌아다닌다. 돼지도 방목을 하는 것이다.

처음에는 신기하였지만, 길가면서 여러 번 보니 이제 시들하다.

어찌되었든 행복한 돼지들이다.

쭈꾸디디에는 12시쯤 도착한다.

시외버스정류장에서 메스티아 가는 마슈르카 표를 끊는다. 20라리라고 한다.

바투미에서 분명 15라리라고 들었는데……

그렇지만 표 끊어주는 할머니가 20라리라는 데야 뭐~, 그 사이에 오른 모양이다.

버스 시간도 14시 30분이라고 들었는데, 1시에 출발한다고 한다.

점심을 먹어야 한다. 시간이 그렇게 많진 않으니 이 근방에서 간단히 요기를 해야 한다.

버스 정류장 맞은편의 허름한 카페로 간다.

조지아 주그디디

 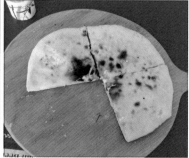

바투미에서 먹은 가짜부리　　　　쭈꾸디디에서 먹은 가짜부리

무엇을 시켜야 하나?

그렇지만 고민할 시간은 없다. 가짜부리와 맥주를 시킨다.

시골이라 그런지 싸기는 싸다. 가짜부리 5라리, 맥주 2.5라리이다.

이 집 가짜부리는 어제 바투미의 고급음식점에서 먹은 가짜부리와는 격이 좀 다르다. 대신 값이 많이 싸니 뭐라 하지는 마시길!

어제 바투미에서 먹은 가짜부리는 아자리안 지역의 가짜부리로서 아자리안 가짜부리(Ajarian Khachapuri)라고 부르는데 빵 위에 치즈, 그리고 그 위에 달걀 노른자를 얹어주는 것이 좀 다르다.

어찌되었든 이 가짜부리가 무지 짜다.

그런데도 세계에서 손꼽히는 장수국이라니!

사실 조지아의 식당에서 보면, 이곳이 와인의 원조 주산지라서 그런지 사람들이 대부분 와인 한 병씩은 꼭 먹는다. 나처럼 한 잔을 마시는 게 아니라 한 병씩 마시는 거다.

허긴 이곳이 포도주의 원산지라며, 그 역사가 5,000년이나 된다고 자랑을 해다니 이해할 만하긴 하다.

31. 소금과 술이 뒤집어 쓴 누명

허긴 8,000년 전에 포도를 숙성시킨 흔적이 있는 항아리를 2003년에 발굴했다는 소식도 있으니, 이제 포도주의 역사는 5,000년 전이 아니라 8,000년 전으로 올라가야 할 것 같다.

조지아인들은 가장 조지아다운 것 세 가지로 조지아 정교회와 조지아어, 그리고 와인을 꼽는다는 말이 실감이 난다.

이렇게 술 잘 마시고, 또 짠 음식을 먹는데도 세계 최장수국 중의 하나라는 사실이 아이러니하다.

물론 공기가 맑고, 치즈나 요구르트 등 유제품을 많이 먹고 늙어서도 일을 하며 많이 움직이긴 하지만.

아마도 소금과 술이 건강에 해롭다는 의학 상식이 잘못된 것 아닌가? 이 학설은 전면 수정되어야 한다.

소금과 술이 뒤집어 쓴 누명을 벗겨주어야 한다. 그 동안 소금과 술이 얼마나 억울했을까? 말도 못하고…….

먹다 남은 가짜부리 두 조각을 싸며 차 안에서 기다리는 주내를 생각한다.

조지아 주그디디

32. 이 운전기사의 살신성인의 자세는 본받아야 한다.

2018년 11월 2일(금)

1시에 마슈르카는 출발한다.

운전이 거칠다.

여기서 메스티아까지 140km라는 이정표가 보인다.

저 멀리 설산을 향해 달린다.

30분쯤 지나 즈바리(Jvari)를 지나자 앞으로 웅장한 산들이, 머리에 눈을 인 커다란 산들이 보인다.

왼쪽으로는 녹색의 호수가 나타난다. 어찌 색깔이 저리 녹색일 수 있을까?

쭈꾸디디에서 메스티아 가는 길

32. 이 운전기사의 살신성인의 자세는 본받아야 한다.

쪽꾸디디에서 메스티아 가는 길

이제부터는 완전 구불구불한 산길이다.

갈지자 산길을 죽음의 신이 쫓아오지 못할 속도로 달린다. 아래로도 천 길, 위로도 천 길 벼랑이다,

산허리 길로 이리 빨리 달릴 수가 있는가? 청룡열차도 저리가라다.

운전기사는 안전벨트를 매라더니, 지는 맸던 안전벨트를 풀어헤친 후 막 달린다. 안전벨트를 하면 몸이 거북하여 운전대 조작이 아무래도 늦는 것을 아는 모양이다.

이 운전기사의 살신성인의 자세는 본받아야 한다. 승객들에게는 안전을 위해 안전벨트를 매라하고는 자신은 안전벨트를 풀고 위험을 감수하면서 운전을 하는 것이니!

조지아 메스티아

담배를 꼬나물고 한 손으로 그 커브 길을 정말, 정말이다, 죽음의 신이 쫓아오지 못할 속도로 달린다. 그것도 오래된 유리 깨진 통차로! 흐!

음악은 크게 틀어 놓고, 웅덩이 피해 중앙선을 넘나들며 달리는 그 솜씨는 가히 신기에 가깝다.

'사람이 하려고만 하면 못하는 게 없다.'는 격언이 맞다는 걸 체험하는 순간이다.

머리에 눈을 인 뾰족뾰족한 산도 지나고, 설악산 봉우리 같은 산도 지나고, 침엽수 속에 활엽수들이 들어앉아 노랗고 붉은 단풍을 보여주는 산도 지난다.

4시에 메스티아에 도착한다.

메스티아 석양

32. 이 운전기사의 살신성인의 자세는 본받아야 한다.

메스티아: 리버티 은행

메스티아는 조지아 북서쪽 해발 3,000~5,000m 설산으로 둘러싸인 윗 스바네티(Upper Svaneti) 지방의 중심도시이다.

'스바네티'란 말은 '스반 사람들이 사는 땅'을 이르는 것이다. 쉽게 말해 스바네티에서 '티'는 우리말 '터, 토(土)'와 같은 무리의 말이고, '네'는 우리말 '의'를 나타내는 '의/네'이기 때문에 이 말은 '스반의 터' 곧, '스반네 땅'이다.

내리긴 했는데, 와이파이가 안 잡히니 호텔을 찾을 수 있나!

버스 정류장 앞의 '스바네티 바'에 들어가 와이파이 비밀번호를 물어 호텔과 민박집을 검색한다,

그리고는 만박집 '다타'를 찾아 헤맨다.

가면서 보니 웬 민박집이 이리 많은지!

조지아 메스티아

메스티아: 리버티 은행과 해넘이

'다타'라는 민박집을 찾아 들어가니 4시 30분이 넘었다.

하루 30라리인데, 아침 일인당 10라리씩 포함하여 50라리(약 2,4000원), 그리고 모레는 트빌리시로 돌아가야 하는데 아침 8시 버스밖에 없다니, 모레 아침은 생략하여 30라리, 합해서 80라리(약 38,000원)를 지불한다.

내일은 우쉬굴리(Ushguli)로 가 봐야 한다. 여행기에 우쉬굴리 선전이 요란하니 안 가볼 수 없다.

차편을 알아보니 35라리라 한다.

여기서 42km 밖에 안 되는 우쉬굴리는 35라리이고, 머나먼, 아마도 400km도 더 떨어진 트빌리시까지는 30라리라니?

세상은 참 재미있다. 가까운 곳은 더 비싸고 열 배나 더 먼 곳은

32. 이 운전기사의 살신성인의 자세는 본받아야 한다.

더 싸고!

돈을 찾으러 환전소를 찾는다.

은행은 메스티아 동쪽 끝에 있다.

은행 뒤의 설산이 붉게 물들고, 은행 앞 로터리에는 이 나라 대통령 후보인 아줌마가 웃으면서 내려다보고 있다(참고로 우리가 조지아에 머물고 있는 동안 이 아줌마는 대통령에 당선되었다).

5시 반이 넘어 저녁도 먹을 겸 사진도 찍을 겸 겸사겸사 민박집을 나와 메스티아의 거리를 걸어가며 맛있는 음식점을 찾는다.

컴퓨터 앱의 평가를 보니 세티 광장 안에 있는 '라일라'라는 음식점의 점수가 제일 높다.

거리 구경을 하며 석양의 높은 산들을 찍은 후 '라일라'로 가 돼

'라일라' 식당

'라일라' 식당의 민속공연

메스티아 야경

32. 이 운전기사의 살신성인의 자세는 본받아야 한다.

지고기 샤슬릭 둘, 맥주와 차를 시킨다. 모두 25라리이다.

이 식당에선 저녁 8시부터 민속 공연을 한다.

붉은 윗옷을 입은 청년들이 기타와 기타보다는 작은 민속 악기와 북을 들고 나와 연주를 하면서 춤을 춘다.

마치 탭댄스를 보듯 경쾌한 춤이다.

여기에서 애 둘 데리고 온 젊은 한국인 부부를 만난다. 트빌리시에 산지 일 년 되었다고 한다.

외지에서 동포를 만나면 참 반갑다.

먹을 건 먹었고, 음악 공연도 보았고, 이제 잘 시간이다.

민박집으로 돌아와 밖을 내다보며 메스티아의 굴뚝집들을 찍는다.

야경이 근사하다.

조지아 메스티아

33. 갑자기 철학적인 질문이 생기는 건 왜일까?

2018년 11월 3일(토)

아침에 일어나 샤워를 한다. 샤워기도 엉망이다. 허긴 30라리짜리 민박이니 전용욕실이 있다는 것만 보고 선택한 결과다.

밤사이 기온이 많이 내려간 탓인지, 방에도 우풍(외풍의 사투리)이 있는지 방도 추운 편이다. 히터를 하나 더 갖다 주어 켰는데도.

밖으로 나가니 더더욱 춥다. 역시 산속은 산속이다.

9시에 아침을 먹고, 10시에 우쉬굴리(Ushgul) 가는 차를 타기로 했으니 기다린다.

아침 먹으면서 만난 폴란드 처녀들 말에 의하면, 쭈꾸디디에서 밤

메스티아의 아침

우쉬굴리 마을

10시 침대차를 타고 트빌리시로 갈 수 있다고 한다.

이인실이 일인당 30라리 정도라니 이용해 볼 만하다.

우쉬굴리는 해발 2,410미터에 있는 조지아, 아니 유럽에서 제일 높은 곳에 있는 마을로 알려져 있다.

나중에 알아보니, '우시'는 '위'라는 뜻이고, '굴리'는 '고을'이라는 뜻이다. 쉽게 말해서 '웃고을, 웃골'과 같은 무리의 말이다.

여기에도 옛 우리말과 뿌리가 같은 말들이 남아 있는 것이다.

10시에 미니버스를 타고 우쉬굴리로 가는 길은 험하고 험하도다!

산을 넘고 비포장길을 울퉁불퉁 2시간을 간다.

참으로 험한 길이다.

어딘가는 길에 물이 고여 질퍽질퍽하여 차가 미끄러질 것 같기도

우쉬굴리: 굴뚝집

하고, 결국 이런 물 때문에 길 오른쪽 벼랑이 푹 파여 내려간 곳도 있다.

어떤 여행기에 '우쉬굴리 방문한 길이 최악이었다.'고 쓴 것을 본 적이 있는데 정말 그런 느낌이다.

왜, 무엇 때문에 이 길을 가는 건지?

우쉬굴리 가면, 거 뭐냐? '거시기'라는 게 있다는데, 그게 정말 볼 만한 거나 되는 건지?

갑자기 이런 철학적인 질문이 생기는 건 왜일까?

11시 40분에 우쉬굴리에 도착한다.

저 멀리 설산도 보이고, 이 집 저 집 굴뚝집들이 많이 보인다.

이 집 저 집 기웃거리며 마을의 골목을 거슬러 올라간다.

33. 갑자기 철학적인 질문이 생기는 건 왜일까?

우쉬굴리는 흑해와 카스피 해까지 1,200km를 가로지르는 코카사스 산맥이 유럽과 아시아를 경계 짓는 곳에 있다.

지정학적인 이런 위치 때문에 수많은 외세의 침략이 끊이지 않아 집집마다 커시키(또는 코시키라고도 함)라는 망루(watch tower)를 만들어 놓아 마을 풍경이 독특하다.

요 커시키는 유네스코 세계문화유산으로 등재되어 있다.

이들이 사는 집은 '무르크밤'이라 부르는 망루와 '코르'라고 부르는 주거공간으로 이루어져 있는

우쉬굴리: 굴뚝집

조지아 우쉬굴리

데, 망루는 보통 4층으로 되어 있다.

망루 1, 2층은 물과 곡식 가루, 과일, 치즈, 와인, 고기 등의 저장 공간으로 사용되고, 비상시에 사다리만 치우면 올라올 수 없는 3층은 대피장소로 쓰이며, 4층은 밖을 내다볼 수 있도록 창이 되어 있어 돌을 던지거나 활을 쏠 수 있도록 되어 있다.

이 망루 겸 피난처로 이용된 굴뚝집(우린 그냥 편하게 굴뚝집이라고 부른다)은 침략에 시달린 과거를 보여준다.

곧 적의 침입을 망보기도 하고, 적이 오면 얼른 위로 올라가 사다리를 치우고 먹고 자면서 버티는 거다.

그러면 적들이 밑에서 "내려오면 안 잡아먹지!"라고 소리치지만 꿈쩍도 하지 않는다. 그리고는 망루에서 요놈들이 다른 동네로 떠나

우쉬굴리의 굴뚝집과 집 지붕

33. 갑자기 철학적인 질문이 생기는 건 왜일까?

는지 살피는 것이다.

또한 눈이 너무 많이 와 집이 눈에 덮여버릴 때에도 이 망루는 유용한 피난처가 된다고 한다.

지금은 이 굴뚝집 때문에 사람들을 불러 모으지만. 이 동네 많은 집들은 비어 있다. 아마 도시로 떠났기 때문이리라.

물론 이러한 굴뚝집은 메스티아에도 많이 있으니 메스티아와 큰 차이가 없다.

일단 같은 차를 타고 온 젊은이들을 따라 골목으로 들어가며 마을을 살핀다.

집집마다 굴뚝같은 망루가 있고, 지붕 위에는 이곳에서 많이 나는 넓적한 돌들로 덮여 있다.

굴뚝이나 담벼락 등은 역시 넓적한 돌들을 쌓아서 만든 것이다. 아까 올 때 벼랑의 바위에서도 이런 돌들이 층을 이루고 있는 것을 볼 수 있었는데, 이 부근에서 많이 나 이런 돌들을 이용한 것이다.

조지아 우쉬굴리

34. 우린 계속 "똥, 똥!" 하면서 다닌다.

2018년 11월 3일(토)

우쉬굴리는 조지아에서 제일 높다는 5,193m 높이의 쉬카라 (Shkhara) 설산 아래 70여 가구 200여 명이 옹기종기 모여 사는 작은 마을인데 거의 대부분이 민박집이다.

카페는 여기 저기 몇 군데 있고.

그렇지만 학교, 교회. 박물관 등도 물론 있다.

참고로 코카사스에서 제일 높은 5,663m의 엘부르스(Elbrus) 산은 러시아에 있고, 쉬카라 산은 코카사스에서 두 번째로 높은 산이다.

마을을 지나 언덕 위로 오르니 여기에도 부서진 망루가 있다.

우쉬굴리: 작은 교회

34. 우린 계속 "똥, 똥!" 하면서 다닌다.

저 속은 어찌 생겼을까?

궁금한 한 젊은이가 부서진 망루에 오르려고 안간힘을 쓴다. 갑자기 손으로 잡은 망루의 돌들이 떨어지며 이 젊은이도 떨어진다.

땅에서 불과 2-30cm 밖에 안 매달렸기에 다치지는 않았는데, 혹시 누군가에게 혼나지 않을까 주위를 둘러본다.

우쉬굴리의 무너진 굴뚝집

그러더니 다시 몇 번을 시도한다. 그 용기가 가상하다.

그리고 안을 들여다보는 데 드디어 성공한다.

"그 안에 뭐가 있누?"

"별거 없시유."

조지아 우쉬굴리

우쉬굴리와 쉬카라 설산

허긴 들여다 봐야 텅 빈 공간만 있을 것이다.

그렇지만 궁금한 건 궁금한 거다.

요 언덕에선 우쉬굴리 마을이 한 눈에 다 보인다.

저 멀리 쉬카라(Shkhara) 설산과 성벽을 쌓아놓은 라마리아 교회, 그리고 굴뚝집으로 이루어진 조그마한 마을이 펼쳐진다.

이 산속 동네에서 무얼 빼앗아 먹겠다고 침략을 하며, 또 그걸 막는다고 굴뚝집을 지어 놓았는지?

처음에는 이해가 잘 안 갔지만, 침략자와 방어자의 입장에서 생각

34. 우린 계속 "똥, 똥!" 하면서 다닌다.

을 넓혀보니 이해가 된다.

침략자들은 이 동네에서 무얼 빼앗으려고 침략한 건 아닐 것이다.

이 삭막한 산골에 무어가 있다고!

단지 이곳을 지나야 저쪽 코카사스 남쪽 평원으로 가 맛있는 것들을 빼앗아 먹을 수 있으니, 일단 여기부터 정복을 해야 하는 것이다.

이 마을 사람들 입장에서도 굴뚝집이 영원한 방어막이 안 되는 걸 잘 알고 있었을 거다.

그렇지만 조금만 버티면 침략자들이 물러갈 것을 알기 때문에 이런 굴뚝집을 지어 놓았을 거다.

우리는 흔히 어떤 잘못된 사실이나 현상을 보고는 "왜 저러고 살

우쉬굴리: 설산

조지아 우쉬굴리

지? 이해가 안 돼."라는 소리를 많이 한다.

어떤 사람은 "이해가 안 돼."라는 말 앞에 '정말'이라는 말을 붙여 "정말 이해가 안 돼."라는 말을 반복하기도 한다.

그렇지만, 그 사람의 입장에서 생각을 넓혀보면, 쉽게 이해할 수 있다. 이해가 곧, 용서는 아니지만.

옛적엔 침략에 시달린 마을이라지만, 지금은 설산 아래 평화로운 마을일뿐이다.

그것도 장수 마을로 유명한 곳이다.

허긴 공기 좋은 곳에서 치즈 등 유제품 많이 먹고, 또 산 속에 있어 조금만 움직여도 저절로 운동이 되니 오래 살 수밖에 없을 것이다.

2,230미터까지 올라가니 큰 도로와 이어진다.

여기서부터는 이제 내려간다.

길에는 소똥들이 푸짐하게 여기저기 놓여 있다.

우린 계속 "똥, 똥!" 하면서 다닌다. 위를 보다, 밑을 보다, 정신이 없다. 장애물 선수처럼 요리조리 피해서 언덕을 오른다.

아마 장애물 경기 선수들이 여기 오면 저절로 훈련이 될 거다.

근데 장애물 경기 선수들이 이곳에 와서 전지 훈련했다는 말은 아직 듣지 못했다.

이 글을 읽으시는 장애물 경기 선수나 감독이나 코치께서는 심각하게 한 번 고민해 보시라! 이곳을 전지훈련장으로 삼는 걸!

안테나가 세워진 산등성이인 2,144미터 고지에서 사진을 찍는다.

10살 정도 돼 보이는 동네 꼬마들이 말을 타고 오면서 말을 탈

34. 우린 계속 "똥, 똥!" 하면서 다닌다.

우쉬굴리: 말 타는 꼬마들

거냐고 묻는다.

　물론 돈을 내라는 소리다.

　안 탄다고 하니까, 능숙하게 말을 몰고 산 쪽으로 올라간다.

　고놈들, 말도 잘 타네!

35. 요런 건 박물관으로 가야 하는데······.

2018년 11월 3일(토)

이제 밥을 먹어야 한다.

언덕에서 내려와 골목길로 들어서면서 첫 번째 카페인 코시키 카페(Cafe Koshki)에서 점심을 먹는다.

메뉴는 초지일관 돼지 바비큐!

볕이 좋아 밖에서 먹으려다 다시 안으로 들어온다. 춥기 때문이다.

이 집엔 교황님이나 앉아 계실 듯한 나무 의자가 한가운데를 딱 차지하고 있다.

우쉬굴리

의자 아랫부분은 황소의 머리가, 등받이 양쪽 윗부분은 염소가 조각되어 있고, 등받이 가운데에는 어떤 가문인지는 모르지만 문장이, 그리고 의자 꼭대기에는 물론 십자가가 장식되어 있다.

또한 발바닥을 놓는 밑바닥은 고슴도치를 형상화하여 조각한 넓적한 돌이 놓여 있다. 가시방석이라는 말은 들어봤

우쉬굴리 어떤 카페에서 본 의자

어도 가시발바닥 받침이란 말은 못 들어 봤는데…….

만약 저게 진짜 고슴도치였다면 발바닥이 찔렸을 텐데…….

이걸 만든 장인은 분명 무슨 의도가 있으니 이런 조각을 한 나무 의자를 만들었을 것이나, 우둔한 머리로는 짐작이 안 된다.

조지아 우쉬굴리

라마리아 교회와 쉬카라 설산

아직도 더 견문을 넓혀야 혀!

어찌 되었든 요런 물건은 박물관으로 가야 하는 건데…….

점심을 먹은 후 다시 골목골목을 누빈다.

뭐 볼 게 있다고? 별거 없다. 사람 사는 게 다 그렇지 뭐.

단지 저 멀리에는 조지아에서 제일 높다는 쉬카라(Shkhara) 설산 아래 라마리아(Lamaria)라는 이름의 요새화된 교회가 설산을 배경으로 성벽에 둘러싸여 있어 눈길을 끈다.

라마리아 교회는 유럽의 오래된 옛 교회 중의 하나인데, 그 안에는 수도원도 있고, 물론 커시키도 있다.

원래 라마리아는 스바네티 사람들이 받드는 수확의 여신이었는데, 기독교가 이곳 스바네티에 들어온 뒤, 이 여신 대신에 성자 마리암을 받드는 교회로 바뀌었다고 한다.

라마리아 교회는 유럽에서 가장 높은 교회이다.

물론 여기에서 높다는 것은 조지아 정교회에서 차지하는 지위가 높다는 뜻이 아니고, 제일 높은 곳에 위치한 교회라는 뜻이다.

오해하지 마시라.

2시 반, 타고 온 차를 타고 메스티아로 돌아온다.

험한 길을 거쳐 재를 넘어 돌아오는 길에 4,690m의 우쉬바(Ushba) 산을 사진에 담도록 잠깐 선다.

4,710m의 우쉬바 산은 정말 산답다.

높은 산 뒤에 우뚝 솟은 우쉬바 산을 보니 정말

우쉬굴리

조지아 우쉬굴리

우쉬바 산

산중의 산이다 싶다.

메스티아에 오니 4시가 조금 넘었다.

일단 민박집으로 돌아와 자리에 눕는다. 오늘 찍은 사진을 살펴본다. 그리고 인터넷으로 소식을 전한다.

6시 반, 저녁을 먹으러 나간다,

어제 도착했을 때 인터넷 도움을 준 레스토랑 겸 바인 스바네티 바로 간다.

송아지 갈비가 눈에 띄었으나 없다 하니 다시 돼지 바베큐를 시키는 수밖에 없다.

돼지 바베큐 10라리, 콩 항아리 요리 5라리, 물 1라리, 세금 1라리 합이 17라리(약 7,500원) 들었다.

35. 요런 건 박물관으로 가야 하는데…….

콩 항아리 요리는 질그릇 항아리에 콩을 잔뜩 넣어 끓인 것인데, 마치 된장 같은 색깔에 맛은 구수하다. 주로 채식주의자들이 많이 찾는다.

그리곤 구멍가게에 들려 4라리 우유 한 팩을 사들고 온다.

조지아 우쉬굴리

36. 술은 가을이다.

2018년 11월 4일(일)

오늘은 쭈꾸디디로 가는 날이다.

민박집 아주머니가 일인당 25라리에 택시를 수배해 준다. 쭈꾸디디까지 마슈르카가 20라리인데, 택시가 25라리라니 괜찮은 값이다.

타마르 여왕 동상

택시는 11시에 출발하기로 하였으니, 아직 2시간이나 여유가 있다.

민박집에서 나와 저쪽 내 너머 성당을 목표로 하고 걷는다.

버스정류장 맞은편의 세티 광장(Seti Square)을 지나간다.

세티 광장에는 묘한 형태의 타마르 여왕 동상이 서 있

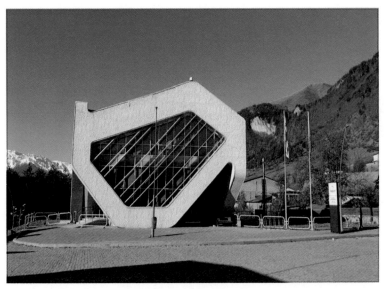

메스티아: 공공서비스 홀

다.

타마르 여왕(1184~1213)은 재위 기간 동안에 코카사스(카프카스) 지방과 아나톨리아 동부로 영토를 넓히고 조지아의 문화와 경제를 발전시켜 13세기 초 조지아의 황금시대를 연 여왕인데, 그 업적이 훌륭하다 하여 대왕으로 부르며, 동방정교회에서는 성인으로 추대된 여왕이다.

그리고 앞에서 보았듯이 이 여왕은 바르지아 동굴교회를 만들라고 명령한 여왕이다.

이 동상은 오른손에 칼을 들고 말을 탄 타마르 대왕 동상인데, 타마르 대왕이 말을 타고 이 험한 산골마을을 방문하였기에 이를 기념하여 만들었다고 한다.

메스티아: 성 니콜로즈 교회

그런데 타고 있는 말이 너무 기형으로 생겨 재미있다. 말의 배 부분이 말발굽까지 내려와 있는 모습이 매우 희화적이다.

여기에도 무슨 의미는 있을 텐데, 그건 잘 모르겠고……

이 세티 광장 한쪽 끝은 독특한 디자인의 경찰서와 공공서비스 홀이 있다.

공공서비스 홀 밑으로 내려가 다리를 건너 성당으로 간다. 성당 이름은 성 니콜로즈 교회(St. Nikoloz Church)이다.

안으로 들어가 보니 오늘이 일요일이라 사람들이 경건하게 예배 중이다.

이 성당에서 내려다보는 메스티아의 경치는 정말 훌륭하다.

아침 운동 겸 여기까지 온 것은 정말 잘한 일이다.

36. 술은 가을이다.

메스티아

메스티아에서 쭈꾸디디 가는 길의 설산

조지아 메스티아

민박집에서 나와 11시 택시를 탄다.

가는 길의 경치 역시 끝내준다.

왼편으로 험준한 설산들이 푸른 하늘을 배경으로 솟아 있다.

약 1시간이 채 못 되어 어제 본 우쉬바 산이 나타난다. 언제보아도 좋은 산이다.

여름이라면 트레킹도 할 수 있을 텐데, 지금은 아니다.

우쉬바 산을 지나 한 20여 분쯤 조금 더 가면 침엽수 숲 사이로 활엽수들이 듬성듬성 단풍을 자랑하는 산들이 나타난다.

침엽수와 활엽수가 섞여 있는 것이 참으로 신비하다.

여기에서 조금 더 가면, 우리나라 설악산처럼 거룩해 보이는 산봉우리들이 나타나고, 대부분 활엽수의 노란 단풍들이 온 산을 물들이

메스티아에서 쭈꾸디디 가는 길의 단풍

36. 술은 가을이다.

메스티아에서 쭈꾸디디 가는 길의 단풍

고 있는 경치를 볼 수 있다

아름답다. 설산, 침엽수, 단풍, 푸른 하늘, 그리고 이들의 조화! 전혀 지루하지 않다.

단풍은 엽록소가 파괴되고 그 안에 원래 있던 이파리의 본색을 드러내는 것이라 한다.

그러니까 여름의 푸른 이파리는 탄소동화작용을 위해 임시로 본색을 감추고 있는 것이다.

그러다가 햇빛이 약해지는 가을이 되면 엽록소는 효율성이 떨어지고, 쓸모없게 되어 파괴되고 본색을 드러내는 것이다.

본색이 드러나니 알록달록 빨강 노랑 개성을 뽐내며 자신을 자랑하다가 스러지는 것이다.

조지아 메스티아

사람은 옷으로 치장하고 화장으로 감추고 예의범절을 따지며 자신을 가장하지만, 술을 마시면 본색이 드러난다.

이런 점에서 술은 가을이다.

그런데 사람의 본색이 그렇게 아름다운 것만은 아니다.

겨울이 되면 모든 가지가 앙상하게 겨울을 맞는 것처럼, 사람도 본색을 드러내다보면, 모든 게 허무해진다.

차는 굴을 지나 달린다.

이제 오른쪽으로 녹색의 호수가 보인다.

이 호수를 지나면서 이제 차는 언덕을 내려가 평원으로 향한다.

즈바리(Jvari)라는 조그만 도시를 지나 얼마 안 가면 쭈꾸디디이다.

36. 술은 가을이다.

37. 모든 게 경험인 걸!

2018년 11월 4일(일)

2시쯤 쭈꾸디디에 도착한다.

기사는 우리를 기차역까지 데려다 준다.

어제 폴란드 처녀들에게 들은 대로 역 안으로 들어가 트빌리시행 야간열차 침대칸 2인실 차표를 끊는다.

밤 10시 15분에 출발하여 트빌리시에는 내일 새벽 6시 33분에 도착한다.

차비는 일인당 34라리이니 둘이서 약 33,000원 꼴인데, 밤에 자면서 가니 호텔비를 지불한 셈 치면 된다.

쭈꾸디디

조지아 쭈꾸디디

그리곤 역 앞의 카페를 찾아가 늦은 점심을 먹는다.

역시 돼지 바베큐 두 개와 콩 항아리를 시킨다. 맥주와 홍차도 시키고.

전부 32라리가 나왔다. 15,000원이 채 안 되는 돈으로 잘 먹는다.

이젠 슬슬 시내 구경을 나선다.

역에서 지도를 보고 시외버스 정류장이 보이는 곳에서 오른쪽으로 다리를 건넌다.

건널목을 두 개 건너니 아름드리나무가 늘어서 있는 큰 길이 나온다.

길 한가운데는 커다란 나무와 벤치가 놓여 있는 일종의 공원처럼

쭈꾸디디: 가로수

37. 모든 게 경험인 걸!

쭈꾸디디: 체육관?

꾸며 놓았다.

여기에서 왼쪽으로 꺾어 계속 가다보면 수목원과 접하는 공원이 나온다.

수목원 가기 전에 저쪽 편으로 마치 천막을 쳐 놓은 듯한 거대한 건물이 보인다. 마치 괴물 같다.

이것이 무엇인고?

가까이 가면서 이곳 사람들에게 물어보나 말이 잘 통하지 않는다.

문으로 가서 들어가 보려 하나 문이 잠겨 있다. 문틈으로 보니 아마 체육관으로 쓰는 건물인 듯하다.

수목원 담을 지나면서 다디아니 궁전 박물관(Dadiani Palace Museum)으로 간다.

조지아 쭈꾸디디

벌써 다섯 시가 훨씬 넘었다.

박물관은 입장료가 5라리라는데 10분밖에 안 남았다 한다.

옛날 궁전을 박물관으로 쓰는 모양인데 많이 낡았다. 들어가 보고 싶기도 하지만, 들어가 봐야 제대로 둘러볼 수도 없을 것이다.

한편 이 옛 궁전 앞으로 갓 결혼한 신랑 신부 일행이 가고 있다.

이들의 결혼식이나 보자.

결혼 행렬은 궁전 옆의 성당으로 간다.

이들을 따라 성당에 들어갔다 나온다.

성당을 거쳐 수목원 울타리를 따라 나가니 범퍼카, 목마 등의 놀이시설이 있다.

범퍼카는 1라리에 몇 분이라는데 몇 분인지는 알아들을 수가 없다.

다디아니 궁전 박물관 앞 결혼식 행렬

37. 모든 게 경험인 걸!

2라리를 낸 후 범퍼카를 타고 주내 차를 따라 달려가 부딪친다.

얼마간 쫓고 쫓기는 범퍼카 놀이를 즐기다보니 부저가 울리며 차가 선다.

옛날에 해보지 못했던 걸 이 나이에 해봐도 재미가 있다. ㅎㅎ 1,000원도 안 되는 돈으로 잠시 동심으로 돌아가 잘 놀았다.

다시 시내로 오는 길엔 가로등이 켜지기 시작한다.

다디아니 궁전 박물관 공원

10시 15분까지 우찌 기다리나?

한참 동안 가로수 공원 벤치에 앉아 있다가 길을 따라 리버티 서클(Liberty Circle)까지 걸어가며 이 상점 저 상점을 기웃기웃거리며 들어가 보기도 하고,

조지아 쭈꾸디디

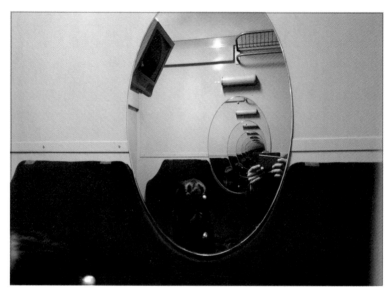

쭈꾸디디에서 트빌리시 가는 침대차

저녁 생각은 아직 없으나, 기차를 타면 내일 아침까지 버텨야 하니, 잠들기 전에 무엇인가 먹을 것이 있어야 한다.

슈퍼마켓에 들어가 요구르트 큰 거 하나를 사고, 땅콩과 해바라기씨, 그리고 물 한 병을 산다.

왜 그리 목이 탄지 요구르트 병을 들고 반이나 마신다. 아무래도 빵이 있어야 할 듯하나 그냥 빵은 싫고.

결국 기차역으로 오는 길에 카스테라 비슷한 빵을 4라리 주고 산다. 맥주도 한 캔 사고.

요걸 먹고 한숨 자면 트빌리시일 것이다.

밤은 어둡고, 시간은 남고, 기다리다 기다리다 기차를 탄다.

차는 시설이 낙후되어 전기 충전하는 곳도 없고 침대는 비좁다.

37. 모든 게 경험인 걸!

빵을 뜯어먹으며 맥주를 마신다.

별로 먹고 싶은 마음이 없어 그만두고 눕는다. 흔들흔들 그러다 잠이 든다.

화장실은 지린내가 진동을 한다.

괜히 탔다 싶기도 하다.

그렇지만 모든 게 경험인 걸!

38. 호텔은 간판도 없고······.

2018년 11월 5일(월)

이침 6시 차장이 문을 똑똑 두드리며 내릴 준비를 하라고 한다. 이 차는 트빌리시가 종점이 아닌 모양이다.

6시 50분쯤 트빌리시에 도착하여 역 밖으로 나온다.

어제 예약해 놓은 럭키 패밀리 호텔(Lucky Family Hotel)을 지도에서 찾아보니 걸어서 25분 거리로 나와 있다.

택시를 타야 했으나, 아침 운동 겸 주내가 걷자고 한다.

이 호텔은 트빌리시 기차역 철길 너머에 있다. 철길을 건너는 길은 역에서 조금 떨어진 곳에 육교처럼 되어 있는 길이다.

트빌리시 기차역

트빌리시 기차역: 철길

껑껑대며 짐을 들고 계단을 오른다.

철길 위에 육교처럼 되어 있는 이곳은 옆에 가게들이 있어 밖이 잘 안 보인다. 물론 이 가게들은 아직 문을 안 열었다.

나중에 알고 보니, 기차역 맨 위층에서 반대 방향으로 나가면 되는 걸……

철길을 간신히 건너 인터넷 지도에 나타난 길을 따라 걷는데 계속 오르막길이다.

아침부터 산을 하나 넘는 것 같다. 등엔 땀이 밴다.

결국 호텔 근처에 왔으나 호텔 간판도 없고 분명 주소는 여기가 맞는데……

할 수 없이 주변의 도움을 받는 수밖에 없다.

조지아 트빌리시

아블라바리 전철역

주변을 둘러보니 청소하러 나온 청소부 할머니가 있다.

안 통하는 말이지만, 지도를 보여주고 호텔 이름과 주소를 보여주니 알아듣는다.

호텔은 간판도 없고 그냥 이층집이다.

결국 청소부 할머니 도움으로 호텔에는 들어왔으나 아무도 없다.

청소부 할머니가 예약한 전화번호로 전화를 해 주신다. 정말 감사하다.

얼마 후 한 청년이 나타나 이층으로 방을 안내해 준다. 방은 크기는 엄청 큰데, 크기만 할 뿐 썰렁하다.

이 청년은 주인이 아니고 주인 삼촌이며, 주인은 11시 넘으면 올거라 한다.

38. 호텔은 간판도 없고…….

역 근처로 알고 아르메니아로 가기 위해 이곳으로 숙소를 정했는데 산위에 있는 집인 줄은 정말 몰랐다.

어쩐지 많이 싸더라니……

방은 별로 맘에 안 든다. 주인도 나타나지 않아 맘에 안 들고.

그렇지만, 에이, 어쩐다? 주인이 없으니, 그냥 갈 수도 없고.

이번 여행은 이상하게 집 운이 썩 좋지 않은 모양이다.

11시쯤 나타난다던 집주인은 1시가 다 되어서야 나타난다.

"11시쯤 온다더니 왜 이제 오냐? 우린 아무 것도 못하고 너만 기다려야 했잖아."

불평을 하자

"갑자기 누가 아픈 바람에 병원에 데려다 주고 오는 바람에 늦었

자유의 광장 부근 관공서

조지아 트빌리시

습니다."라고 핑계를 대는데, 아마도 거짓말인 듯싶다.

일단 77번 버스를 타고 스테이션 스퀘어(Station Square) 전철역으로 가 전철을 타고 의과대학교(Madical University) 역에 내려 서울식당을 찾아간다.

자유의 광장

와~, 음식값이 장난 아니다, 정말 이리 비싸게 받아야 하는 건지?

새우볶음밥 19라리, 순두부찌개 25라리, 세금 포함 합이 48.4라리다. 약 23,000원 정도 되니 한국보다 더 비싼 것 아닌가!

새우볶음밥은 그런대로 맛이 있었지만, 순두부찌개는 영 아니올시다.

손님들은 대

38. 호텔은 간판도 없고……

트빌리시: 먹자 골목

부분 이곳 사람들이다.

그런데, 트빌리시에는 한국 식당이 또 한군데 있다는데, 아무리 인터넷을 뒤져도 안 나온다.

이곳에 와 한국 식당을 하는 것도 괜찮을 듯싶다.

자유 광장(Liberty Square)에 있는 관광안내소로 가 트빌리시에서 아르메니아 가는 법과 근교 여행지를 묻는다.

트빌리시 근교에서 가 볼 만한 곳으로 가레자(Gareza), 고리(Gori) 등을 추천받는다.

가레자(Gareza)에는 동굴 수도원이 있어 가 볼 만하다는데, 여기 가는 관광버스(25라리: 약 11,000원)는 10월 말로 끝나고, 지금은 택시로 갈 수밖에 없다고 한다. 택시비는 차 한 대에 보통 250라리(약

자유의 광장 부근 건물

11만원) 정도 받는다고 한다.

고리(Gori)는 디두베(Didube)에서 마슈르카로, 그리고 우플리스치케(Uplistsiche)의 동굴 도시는 택시로 가면 된다 한다.

고리는 스탈린이 태어난 곳으로 스탈린 박물관이 있는 곳이다.

이 박물관에는 스탈린이 탄 전용열차가 있다. 스탈린은 고소공포증이 있어 비행기를 안 타고 이 전용열차를 타고 다녔다고 한다.

북한의 김정일 역시 비행기를 안 탔다는데, 스탈린을 닮은 것인지, 스탈린을 존경해서 그런 것인지는 모르겠다만, 비행기를 무서워했던 건 사실인 듯하다.

조지아 사람들의 스탈린에 대한 평가는 마치 박정희에 대한 평가처럼 양쪽으로 갈린다.

38. 호텔은 간판도 없고……

곧, 많은 노인네들은 스탈린 때문에 중공업이 육성되었다고 향수에 젖는 반면에, 젊은이들은 스탈린 집권 당시 스탈린을 반대한 조지아 민족주의자 5만여 명을 숙청하여 죽였고, 10만여 명을 시베리아의 강제수용소로 보내버렸기 때문에 스탈린을 '인간 백정'이라고 부르며 싫어한다.

또한 2차 대전 당시 70만 명의 조지아 청년들을 전쟁에 내보내 35만 명이 죽었기에 그 희생자 가족들 역시 스탈린을 싫어한다고 한다.

게다가 스탈린은 본명이 이오세브 주가슈빌리인데, 이름을 강철을 뜻하는 스탈린으로 바꾸고, 자신을 조지아인이 아닌 러시아인으로 불러주기를 원했기에 조지아인들은 스탈린이 조지아 출신임을 모르는

트빌리시 성벽

조지아 트빌리시

사람들도 많고, 사람들은 이 때문에도 스탈린을 별로 좋아하지 않는다.

그래서 그런지 트빌리시엔 스탈린 동상도 없다.

조지아에 스탈린 동상이 있는 곳은 고리의 스탈린 박물관이 유일하다고 한다.

저녁은 마짜켈라에서 육개장 비슷한 것과 돼지 족탕, 맥주, 차를 모두 29.9라리(약 13,000원) 주고 먹었다.

둘이 먹기에는 조금 양이 많았다.

다시 버스를 타고 호텔로 돌아온다.

한편 트빌리시에서 아르메니아 예레반 가는 방법은······.

38. 호텔은 간판도 없고······.

39. 뭉게구름이 연출하는 풍경

2018년 11월 6일(화)

아르메니아 예레반 가는 방법은 다음 쪽의 표와 같다.

첫째, 트빌리시 역 광장(Metro Station Square)에서 기차나 택시를 타고 가는 방법이다.

기차는 홀수 날 저녁 8시 20분에 출발하여 다음날 아침 7시에 도착하는 야간열차이고, 가격은 일등석 105라리, 이등석 55라리이다.

택시는 9시부터 2시간 간격으로 오후 5시까지 있고, 5-6시간 걸리며, 35라리(야간 택시는 50라리)이다.

둘째, 오르타찰라(Ortachala) 시외버스 정류장에서 미니버스나 미니밴을 타고 가는 방법이 있다.

미니버스와 미니밴은 는 8시 20분부터 2시간 간격으로 있는데, 역시 5-6시간 걸리고, 미니버스는 30라리, 미니밴은 40라리이다.

셋째, 아블라바리 전철역(Metro Station Square)에서 택시를 타고 가는 방법이 있다.

이곳에서 택시는 9시부터 2시간 간격으로 오후 5시까지 있고, 5-6시간 걸리며, 35라리이다.

이 3가지 방법 중 하나를 택하면 된다.

내 경우에는 일인당 35라리 주고. 역 광장에서 택시를 타면 될 것이다.

아침 일찍 아르메니아의 예레반으로 가기로 했다. 먹기 싫은 아침을 요구르트와 어제 사온 돼지고기 몇 점으로 때운다.

아르메니아 예레반

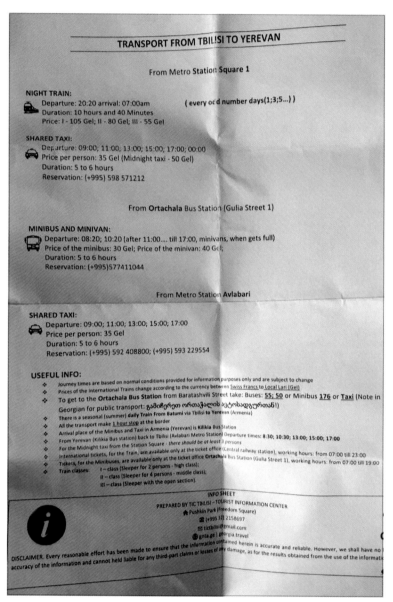

TRANSPORT FROM TBILISI TO YEREVAN

From Metro Station Square 1

NIGHT TRAIN:
Departure: 20:20 arrival: 07:00am   (every odd number days(1;3;5...))
Duration: 10 hours and 40 Minutes
Price: I - 105 Gel; II - 80 Gel; III - 55 Gel

SHARED TAXI:
Departure: 09:00; 11:00; 13:00; 15:00; 17:00; 00:00
Price per person: 35 Gel (Midnight taxi - 50 Gel)
Duration: 5 to 6 hours
Reservation: (+995) 598 571212

From Ortachala Bus Station (Gulia Street 1)

MINIBUS AND MINIVAN:
Departure: 08:20; 10:20 (after 11:00.... till 17:00, minivans, when gets full)
Price of the minibus: 30 Gel; Price of the minivan: 40 Gel;
Duration: 5 to 6 hours
Reservation: (+995)577411044

From Metro Station Avlabari

SHARED TAXI:
Departure: 09:00; 11:00; 13:00; 15:00; 17:00
Price per person: 35 Gel
Duration: 5 to 6 hours
Reservation: (+995) 592 408800; (+995) 593 229554

USEFUL INFO:
❖ Journey times are based on normal conditions provided for information purposes only and are subject to change
❖ Prices of the International Trains change according to the currency between Swiss Francs to Local Lari (Gel)
❖ To get to the **Ortachala Bus Station** from Baratashvili Street take: Buses: **55; 50** or Minibus **176** or **Taxi** (Note in Georgian for public transport: გამიჩერეთ ორთაჭალის ავტოსადგურთან!)
❖ There is a seasonal (summer) daily Train From Batumi via Tbilisi to Yerevan (Armenia)
❖ All the transport make 1 hour stop at the border
❖ Arrival place of the Minibus and Taxi in Armenia (Yerevan) is Kilikia Bus Station
❖ From Yerevan (Kilikia Bus station) back to Tbilisi (Avlabari Metro Station) Departure times: **8:30; 10:30; 13:00; 15:00; 17:00**
❖ For the Midnight taxi from the Station Square - there should be at least 3 persons
❖ International tickets, for the Train, are available only at the ticket office (Central railway station), working hours: from 07:00 till 23:00
❖ Tickets, for the Minibuses, are available only at the ticket office Ortachala Bus Station (Gulia Street 1), working hours: from 07:00 till 19:00
❖ Train classes: I – class (Sleeper for 2 persons - high class);
                      II – class (Sleeper for 4 persons - middle class);
                      III – class (Sleeper with the open section);

INFO SHEET
PREPARED BY TIC TBILISI – TOURIST INFORMATION CENTER
🏠 Pushkin Park (Freedom Square)
☎ (+995 32) 2158697
✉ tictbilisi@gmail.com
🌐 gnta.ge | georgia.travel

DISCLAIMER. Every reasonable effort has been made to ensure that the information contained herein is accurate and reliable. However, we shall have no accuracy of the information and cannot held liable for any third-part claims or losses of any damage, as for the results obtained from the use of the informati

트빌리시에서 예레반 가는 방법

39. 뭉게구름이 연출하는 풍경

벌써 9시가 다 되어가니 9시 택시를 타기는 글렀다.

역 광장(Station Square) 가는 버스는 호텔 앞에서 9시 37분에 출발한다고 나와 있다.

시간도 많이 남았으니 버스를 기다릴 게 아니라 슬슬 걸어가기로 했다.

역 광장에 도착하니 11시 택시밖에 없다고 한다.

기다리는 수밖에 없다. 차에 짐을 실어 놓은 다음 기차역 제일 꼭대기에 있는 식당으로 가 간단히 먹는다.

식당 끝으로 가니 철길 위로 저쪽 편과 연결되어 있다.

이를 진즉에 알았다면 먼 길을 돌아오지 않아도 되었을 것이다.

11시 반이나 되어서 택시는 출발한다.

조지아-아르메니아 국경

아르메니아 예레반

가는 길은 거의 평평한 평야지대인데, 국경은 1시에 통과한다.

조금 가니 주유소가 있어 우리 택시는 차에 기름을 넣는다.

밖에는 과일 장수들이 줄지어서 전을 벌리고 있다. 20달러를 아르메니아 돈으로 바꾸어 홍시 두 개(200돔), 단감 세 개(200돔)를 사니까 단감 하나를 더 넣어준다. 시골 인심이 좋다. 우리 돈으로 약 1,000원에 감을 여섯 개나 받았다.

홍시 두 개로 배를 채운다.

경치는 비슷하다.

길이 많이 파여 있다. 집도 너무 허름하다. 가난의 징표이다.

높은 산의 경치가 좋은데, 이제는 잘 포장된 도로 위로 달린다.

산속의 알라베르디(Alaverdi)를 지나 바나드조르(Vanadzor) 쪽으

조지아~아르메니아 국경: 아르메니아 들어서서

39. 뭉게구름이 연출하는 풍경

알라베르디 부근의 산

바나드조르 부근의 산

아르메니아 예레반

스포타크 부근의 산

스포타크 부근의 산

39. 뭉게구름이 연출하는 풍경

로 간다.

3시에 산을 넘어 가면서부터 설산도 보이고, 산이 부드럽다.

스포타크(Spotak)는 3시 45분쯤 지난다.

산위의 구름이 아름답고도 신기하다. 어떻게 산 능선만 뭉게구름에 가려 있다니!

여하튼 예레반 가는 길은 아름답다. 산은 곱고, 그 위의 구름이 한 몫 한다.

MAPS.ME 앱을 보니 2,145메타의 고지인데도 고원지대라서 높은 지대임을 느끼지는 못한다.

다만, 저 멀리 구릉 같은 산 능선과 능선 위에만 머물고 있는 뭉게구름이 파노라마를 연출하는 것이 신기할 따름이다.

아파란 지나서 예레반 가는 안개 낀 길

아르메니아 예레반

예레반 기차역

운전기사는 아파란(Aparan)이라는 도시에 잠깐 차를 세운다. 그러더니 그 앞의 쿤 시장 건물 안으로 들어가 갓 구운 얼굴보다도 더 큰 커다란 빵을 사온다.

이 집 빵이 맛있다며, 조금 떼어 먹어보라고 준다.

먹어보니 그냥 밀가루만으로 만든 빵인데도 구수하니 맛이 있다.

다시 차는 출발하여 안개 속으로 들어간다. 안개가 너무 자욱이 끼어 5미터 앞도 분간하기 힘든 길이다.

갑자기 안개가 끼는 길이라니!

화창했던 날씨가 안개를 지나니 흐린 날씨로 바뀐다.

아쉬타락(Ashtarak)에서 고속도로로 들어선다. M1고속도로로 가니 승차감이 좋다. 비록 날씨는 추워졌지만!

39. 뭉게구름이 연출하는 풍경

택시정류장은 예레반 역 앞이다.

그런데 운전기사가 초행길인지 길을 못 찾아 예레반 시내를 이리저리 헤매는 바람에 도착 시간이 많이 늦어졌다.

벌써 저녁 7시 가까이 된 것이다.

40. 전생이 훤히 보인다.

2018년 11월 6일(화)

예레반 기차역 앞에는 칼을 휘두르며 말을 탄 사순의 다비드 동상(Statue of David of Sassoun)이 있다.

예레반 기차역: 사순의 다비드 동상

이 동상은, 아르메니아 서사시에 나오는 아랍 침략자들을 물리쳐 아르메니아를 구한 영웅들을, 말을 타고 칼을 휘두르는 다비드 상으로 표현한 것이다.

눈앞에 보이는 호텔 킹(Hotel King)으로 들어간다.

여우같이 생긴 여자 매니저가 나오기에 일단 방부터 보자고 한다.

방은 그런대로 쓸 만하다. 욕실과 더블베드와 싱글베

드가 있는 방이다.

가격을 물으니 14,000드람(약 34,000원)을 내라 한다.

"비싸다!"

"얼마나 하면 되겠느냐?"

되레 내게 묻는다.

그런데 인터넷이 안 잡히니, 부킹닷컴에다 얼마에 내 놨는지 알 수가 없다.

망설이다가

"10,000!"

"12,000"

고개를 흔든다.

"10,000!"

"그럼, 사장님께 물어보고."

아래층으로 내려와 사장에게 뭐라 뭐라 하니 고개를 끄떡인다.

"며칠 묵을 거냐?"

"글쎄, 많이 깎아주면 깎아줄수록 더 많이 묵을 거다."

"이틀 묵을래?"

"아니, 일단 오늘만"

"여권 내놔라."

여권을 주니, 서류를 작성하고는

"10,000드람 내라."

"지금 돈 없다. 환전하면 줄 께."

지금 돈이 없다는 데야 지가 우쩔 겨? 사실 없으니 줄 수가 없는

아르메니아 예레반

예레반: 예레반 시내 풍경

것도 사실이지만.

"내일 체크아웃은 10시다."

"보통 12시나 오후 1시가 체크아웃 시간인데 왜 10시에 하라고 하나?"

"우린 10시가 체크아웃 타임이다."

"알았다."

아마도 다른 호텔을 알아보지 못하게 하려고 체크아웃을 10시에 하라며 윽박지른 듯한 느낌이다.

주내와 함께 방으로 들어와 가르쳐준 와이파이 비밀번호를 넣고 인터넷을 켠다.

저녁 먹을 데를 물어보고 돈 바꿀 데를 물어 본 후, 일단 돈을

40. 전생이 훤히 보인다.

50달러 바꾼다.

환전소는 예레반 기차역 지하통로에 있다.

환율은 1달러에 485드람이다. 대충 우리 돈 1,000원이 450드람 정도일 것이다. 그러니까 100드람이면 250원꼴로 쳐서 계산하면 편하다.

저녁 식사는 갈비구이 하나와 홍차를 시킨다. 모두 3,000드람이니 약 7,500원 정도다.

호텔로 돌아와 와이파이를 켜 호텔 검색을 해보니, 이 호텔이 부킹닷컴에 내놓은 가격이 10,000드람이다.

고걸 14,000 불러서 10,000으로 깎으니 인심 크게 쓰듯이 받아준 것이다.

와, 장사꾼은 장사꾼이로구나! 감탄이 절로 나온다. 여우같은 매니저의 수완이 놀랍다. 여우는 여우다.

싱글 침대에 걸터앉으니, 침대가 '푹!' 하고 내려앉는다.

여우를 불러

"침대가 왜 이 모양이냐? 내 간 떨어질 뻔했다."

"이건 내일 고쳐 줄 테니 더블침대에서 꼭 껴안고 같이 주무세요."

그러면서며 더블침대를 가리킨다.

"더블침대는 푹 꺼져 있어. 이건 허리에 안 좋은디……. 오늘 자보고 허리 아프면 내일 얘기해 줄 게."

"……."

"그런데, 인터넷 보니까 부킹닷컴에 10,000드람에 방을 내 놨드

예레반: 공화국 광장 전철역

만. 왜 14,000이라고 하구서는 10,000으로 깎아주는 척했냐?"

그러자 얼굴 색 한 번 안 변하고 생글거리면서

"원래 14,000인데, 10,000으로 깎아 준 거여요."

능청스러운 대답이다.

"10,000으로 내놓았으면, 더 깎아줘야지……. 부킹닷컴에 내는 수수료의 반 정도만 깎아줘도 너희들은 이익이 아닌감?"

역시 생글거리며,

"10,000 이하로는 안 돼요."

"그리고 체크아웃타임이 12시로 되어 있던데, 왜 10시라고 했는고?"

대답 없이 그냥 웃는다.

40. 전생이 훤히 보인다.

그러더니, "유 스마트! 유 스마트!"하면서 웃고 만다.

정말 능청스런 여우다.

전생이 훤히 보인다.

41. 영웅은 뭔가 다르다.

2018년 11월 7일(수)

아침 6시에 일어나 전화를 켜니 인터넷이 안 된다.

주소가 안 잡힌다는 메시지만 뜬다. 밤사이에 인터넷을 꺼 놓은 모양이다.

여하튼 아침에 다른 호텔을 알아보고 방값을 흥정해야겠다 싶다.

아침에 일단 'B라인'부터 가서 유심칩을 아르메니아 심 카드로 바꾼다. 3기가 인터넷이 2,600드람이다.

그리곤 가까운 호텔을 찾아본다.

역에서 조금 떨어진 곳에 문제없는 호텔이 있다. 문제가 없어서 문제없는 호텔이 아니라, 호텔 이름이 문제없는 호텔(No Problem Hotel)이다.

들어가 방을 보니 널찍하고 좋다. 가격은 아침 식사 포함하여 9,000드람이란다. 한 4-5일 더 있을 테니 8,000드람(약 20,000원)에 하자고 했더니 그렇게 하자고 한다.

다시 킹 호텔로 돌아와 짐을 싸서 문제없는 호텔로 옮겨 놓고 길을 나선다.

공화국 광장(Republic Square)이 있는 흐라파락(광장이라는 뜻)으로 가는 버스를 물어 올라타고 시내 중심부로 간다.

가다보니 저쪽에 커다란 성당이 보인다.

버스가 서자 그냥 내린다. 일단 저 성당을 보고 흐라파락까지는 걸어가자.

이 성당은 세계 최초의 아르메니아 교회인 계몽자 성 그레고리 성당(St. Gregory The Illuminator Cathedral)이다. 예레반 대성당이라고도 한다.

아르메니아는 세계 최초의 기독교 국가이다. 곧, 로마 제국이 밀라노 칙령에 의해 313년에 기독교를 공인하였지만 이보다 12년이나 앞선 301년에 기독교를 공인한 나라이기 때문이다.

기독교를 받아들인 1700주년을 기념하기 위해 지은 교회가 바로 이 교회이다.

성모 축일인 1997년 4월 7일 교황의 축복 속에 건축가 스테판 쿠루크시안(Stepan Kurkchyan)에 의해 지어진 이 성당은 면적이 약

성 그레고리 대성당

아르메니아 예레반

성 그레고리 대성당 내부

3,822m^{2}미터이고, 대지에서부터 십자가 꼭대기까지의 높이는 54m이다.

성 그레고리(St, Gregory, The Illuminator)는 아르메니아를 기독교 국가로 개종시킨 분으로서 아르메니아 교회의 첫 수장이고, 죽은 후에는 아르메니아의 수호성인이 된 분이다.

이 교회는 성 그레고리(St. Gregory)와 관련된 유물들을 2000년 나폴리에서 가져와 보관하는 장소이기도 하다.

교회는 크고 웅장하다.

교회 앞 오른쪽에는 아르메니아 독립운동을 한 민족 영웅 조라바르 안드라닉(Zoravar Andranik)의 동상이 있다.

이 동상은 말 두 마리에 올라타고 칼을 높이 쳐든 모습인데, 아무

41. 영웅은 뭔가 다르다.

리 보아도 어찌 하여 말 두 마리를 한 번에 올라탈 수 있는지 모르
겠다,

영웅이라서 그런가?

'영웅은 뭔가 다르다.'라는 생각을 하면서 시내 방향으로 걷는
다.

시간은 1시
가까이 되었다.

공화국 광
장(Republic
Square)에는
정부청사와 박
물관 등이 있
다.

박물관을
지나 앱에서
찾아본 중국음
식점으로 간다.

드래건 가
든(Dragon
Garden)이라는
중국집에서 해
물 철 판 구 이
(3,800드람:

아르메니아의 영웅 안드라닉 동상

아르메니아 예레반

오페라 극장

약 9,000원), 매운 돼지볶음(4900드람: 약,12,000원), 아라라트 5년 산 꼬냑(1,200드람: 약 3,000원), 차 800드람(약 2,000원)을 시킨다.

배가 고프면 많이 시키게 되어 있다. 그래서 식사는 늘 배고프기 전에 하는 것이 좋다.

그런데 아르메니아의 중국집은 중국 음식을 하는 것이 아니라 퓨전 음식을 주로 한다. 이것저것 서양 음식과 중국 음식이 섞인 것이라서 우리가 생각하는 중국 음식이 아니다.

매운 돼지볶음은 별로 맛이 없다.

시간은 벌써 3시 가까이 되었다.

이제 자유 광장(Freedom Square)로 간다.

41. 영웅은 뭔가 다르다.

여기에는 백조의 호수(Swan Lake)와 오페라 극장(Opera House)
이 있다.

백조의 호수는 말이 백조의 호수일 뿐 그저 그렇고, 오페라 극장
은 원형의 묵중하게 보이는 건물이다.

이 극장은 건축가 타마니얀((A. O Tamanyan)에 의해서 1940년
에 지어졌는데, 주로 학술 오페라와 발레를 공연하며, 1,120명이 관
람할 수 있다.

만약 이 극장에서 오페라나 발레 공연이 있다면, 한 번쯤 구경하
는 것도 괜찮을 것이다. 가격도 그리 비싸지 않다고 하니…….

42. 놀러 와서도 바쁘다.

2018년 11월 7일(수)

오페라 극장을 지나면 사거리가 나오는데, 지도에는 프랑스 광장 (France Square)라고 되어 있다.

여길 지나면 바로 그 유명한 계단식 구조물인 캐스케이드 복합체 (Cascade Complex)가 나온다.

계단식 공중정원이라고 부를 수 있는 이 구조물은 정말 대단하다.

이 캐스케이드 앞에는 1924년 이 구조물을 설계한 세계적 건축가인 알렉산더 타마니얀(Alexander Tamanyan)의 동상이 있고, 캐스케

캐스케이드: 타마니얀 동상:

캐스케이드 앞 정원: 재미있는 조각들

아르메니아 예레반

캐스케이드

이드까지 정원이 펼쳐져 있는데, 각종 조각들이 이 정원을 장식하고 있다.

알렉산더 타마니얀은 러시아 태생의 아르메니아 신고전주의 건축가로 유명한 분이다.

정원의 조형물들은 어떤 것은 철이나 청동으로, 어떤 것은 돌로, 어떤 것은 철사로 만든 것인데, 해학적이고도 재미있게 표현되어 있어 이를 살펴보며 캐스케이드 앞까지 걸어가는 것도 재미가 쏠쏠하다.

이 가운데, 뚱보 조각으로 유명한 콜롬비아의 페르디난도 보테로(Ferdinando Bptero)의 '뚱보 고양이', '뚱보 로마 전사' 따위의 작품들도 있고, 영국의 반추상 청동조각가인 린 차드윅(Lynn Chadwick)

42. 놀러 와서도 바쁘다.

의 작품도 있으며, 머리카락과 동물의 청동조각으로 유명한 웨일스 출신의 배리 플라나간(Barry Flanagan)의 작품도 있다.

왼쪽으로 들어가면 에스컬레이터가 있다. 요걸 모르고 계단 쪽으로 올라가려다 카페스지안 예술센터(Cafesjian: Center of Arts)라는 표지가 있어 옆의 경비에게 이 안에 들어가도 되는가 물어보니 옆문으로 들어가라 한다.

오! 들어가 보니 여러 가지 예술품들이 전시되어 있고 위로 오르는 에스컬레이터가 있다,

에스컬레이터 옆에 있는 기발한 착상의 미술품들을 관람하면서 에스컬레이터를 타고 캐스케이드 맨 위층까지 올라간다.

여기에 에스컬레이터가 있다는 걸 모르는 사람들은 저 높은 곳을

캐스케이드: 카페스지안 예술센터

아르메니아 예레반

오를까 말까 망설이게 되어 있다. 워낙 높으니…….

이래서 정보가 중요한 거다.

여기 오시는 분들은 잊지 마시라! 캐스케이드 계단을 오르지 말고, 왼쪽 계단의 벽을 따라가면 옆으로 문이 나오고 에스컬레이터가 보인다.

물론 등산을 목적으로 하거나, 다리 힘을 과시하고 싶은 분들은 계단으로 헉헉거리며 올라가셔도 말리진 않겠지만.

맨 꼭대기 층에서 내려다보는 예레반 시내 전망은 훌륭하다.

공원 안의 동상

건널목의 조형물

42. 놀러 와서도 바쁘다.

날이 갠 날에는 흰 눈을 인 아라라트 산도 보인다는데, 불행히도 오늘은 안 보인다.

그렇지만, 캐스케이드 각 층마다 꾸며놓은 꽃밭 계단과 건물에 새겨놓은 조각들과 그 앞의 분수 등은 그 규모도 규모려니와 참 조화롭게 잘 만들어 놓았다.

이 캐스케이드는 그러고 보니 아르메니아의 문화공간인 셈이다. 안팎으로 보이는 게 전부 예술품이다.

아니 예레반이라는 도시 자체가 문화공간인 셈이다. 곳곳에 동상이며 조형물들이 있고, 거리 자체가 예술적이다.

누군가가 조지아가 독일이라면, 아르메니아는 프랑스라고 한 말이 그대로 들어맞는 말이다.

이제 캐스케이드를 다 내려와 이 골목 저 골목을 기웃거리며 관광안내소를 찾는다.

분명히 인터넷 지도상으로는 여기가 맞는데 간판이 보이지 않고 육중한 건물만 보인다.

저 건물 속으로 들어가 보자.

들어가 보니 왼쪽으로 관광안내소가 있다.

이거저거 물어보고 갈 수 있는 곳의 대중교통에 관광 정보를 얻는다.

여기에서 얻은 예레반 관광 정보는 다음 사진을 참고하시면 되겠다.

이번엔 제일 가까운 공화국 광장 지하철역을 찾는다.

지하철 입구 역시 찾기 어렵게 만들어 놨다.

아르메니아 예레반

Jan ARMENIA
TRAVEL AGENCY

📞📱(+374) 44 60-40-80
www.janArmenia.com

Interregional Route Chain

№	VEHICLE	ROUTE	START POINT	TIME	PRICE, AMD
201	Minibus	Airport - Yerevan	Subway station "Eritasardakan"	24 hours	300
207	Minibus	Yerevan - Armavir	Central Bus Station	-	500
208	Minibus	Yerevan - Vagharshapat	Central Bus Station	-	200
261	Bus	Yerevan - Abovyan	Central Bus Station	-	200
266	Minibus	Yerevan - Garni	Nor Norq 1-st microdistrict, at Yerevan City supermarket	-	300
358	Minibus	Yerevan - Gyumri	South Bus Station, Sevan street	-	1500
403	Minibus	Yerevan - Vanadzor	Central Bus Station	08:45 – 19:30	1300
278A	Minibus	Yerevan - Tsaghkadzor	Raykom	-	600
453	Bus	Yerevan - Ararat	South Bus Station, Sevan street	-	400
519	Bus	Yerevan - Byurakan	Central Bus Station	-	400
522	Bus	Yerevan - Ashtarak	Central Bus Station	09:00 - 19:00	200
531	Minibus	Yerevan - Aparan	Shiraz street	10:00 u 12:00	700
603	Minibus	Yerevan - Sisian	Central Bus Station	09:00	2000
607	Minibus	Yerevan - Goris	South Bus Station, Sevan street	-	3000
611	Minibus	Yerevan - Kapan	South Bus Station, Sevan street	-	3500
654	Minibus	Yerevan - Dilijan	North Bus Station	-	1000
	Bus	Yerevan - Jermuk	Central Bus Station	13:00, 16:00	2000
702	Minibus	Yerevan - Bagratashens	Central Bus Station	08:15, 16:10	2500
	Minibus	Yerevan - Stepanakert	Central Bus Station	08:00 – 11:00	5000
	Minibus	Yerevan - Tbilisi	Central Bus Station	08:30, 10:30, 13:00, 15:00, 17:00	7000
	Bus	Yerevan - Tehran	Central Bus Station	10:00	25000
5 24 68	Bus Minibus Minibus	Mashtots Ave. – "Kilikia" Central Bus Station	-	-	100
46	Bus	Moskovyan St., Abovyan St. – Northern Bus Station	-	-	100
-	Minibus	Yerevan - Sevan, Northern Bus Station	North Bus Stations	09:00-19:00, every hour	500
-	Train	Yerevan - Tbilisi	"Yerevan" Train Station	21:30, arrives at 08:00 even days	9560-20200
-	Train	Yerevan - Gyumri	"Yerevan" Train Station	08:00, 17:50	1000

관광안내소에서 찍은 관광 정보

42. 놀러 와서도 바쁘다.

이 지하철역은 아르메니아의 혁명가이자 정치가인 초대 내무부 장관을 역임한 아람 마누키안(A r a m Manoukian)의 동상이 있는 쪽에 숨어 있다.

그리곤 예레반 지하철을 경험한다.

이 지하철은 예레반 기차역으로 연결되어 있다.

예레반 기차역에 내려 호텔에 들어가기 전에 저녁으로 카라스라는 음식점에서 코카콜라와 꼬치구이를 먹는다.

공화국 광장 전철역 앞: 마누키안 동상

이제 관광안내소에서 얻은 정보를 바탕으로 내일 일정을 짜야한다.

놀러 와서도 바쁘다.

아르메니아 예레반

43. 상상만 해도 끔찍한 일

2018년 11월 8일(목)

8시 30분 아침식사가 괜찮다. 좋은 호텔이다.

오늘 일정은 코르 비랍 수도원(Khor Virab Monastery)으로 가서 아라라트(Ararat) 산을 보는 것이다.

마슈르카는 예레반 철도역 뒤쪽 남부버스 정류장에서 타면 된다.

버스정류장으로 가니 코르 비랍 가는 버스는 9시에 이미 떠나고, 오후 2시에나 있다며 택시를 타란다.

택시는 왕복 7,000드람(약 17,000원) 달라고 한다. 버스비는 일인당 400드람이니, 두 사람 왕복 1,600드람(약 4,000원)이면 되는데……

궁리하다, 9시 45분 아르타샷(Artashat)으로 가는 버스를 탄다. 버스비는 일인당 250드람이다. 일단 아르타샷으로 가서 거기에서 코르 비랍 가는 버스를 갈아타면 된다.

옆에 앉은 분에게

"코르 비랍? 아르타샷 체인지 코르 비랍?"

"딧스 버스 아르타샷 피니시."

이 사람들은 피니시라는 말을 잘 써먹는다.

종착역이라는 데스티네이션(destination)이라는 말은 못 알아듣는다. 그렇지만 피니시(finish) 그러면 다 통한다.

이처럼 편리한 말이 없다. 종착역이라는 말도 피니시, 오늘 일정

아르타샷 버스정류장 옆 시장

이 끝났다는 말도 피니시, 그리고 돈을 주고도 피니시!

교통비가 싸서 좋다.

시골길을 달린다. 아르타샷엔 10시 40분에 도착한다.

여기에서 코르 비랍 가는 마슈르카는 150드람인데, 12시 10분에 출발한다고 한다.

아직 시간이 많이 남는다.

아르타샷 버스정류장 부근을 돌아본다.

저쪽으로 시장이 있다. 화장실은 시장 안에 있고 이용료는 50드람, 약 80원 정도이다. 그런데 좀 지저분하다.

시장은 언제 봐도 활기차다.

시장을 보고 나와 혼자서 시내 구경을 한다. 주내는 차에 타서 앉

아르메니아 코르 비랍

코르 비랍 수도원

아 있고.

시내를 대충 구경하다 출발 시간 5분 전에 버스를 탄다. 벌써 사람들이 꽉 찼다.

16명이 타는 마슈르카에 다섯 명이나 더 태우고는 코르 비랍으로 출발한다.

키 작은 여자들은 괜찮으나 키 큰 할아버지가 허리를 굽히고 있는 것이 보기에 안쓰럽다. 좁은 차에 사람이 꽉 차서 자리를 양보할 수도 없다.

코르 비랍 수도원이 보이는 한길 가에서 마슈르카를 내린다.

코르 비랍 수도원을 향해 걷는다. 걷는 길은 약 2km 정도 되는데, 공기가 상쾌하다.

43. 상상만 해도 끔찍한 일

어떤 차가 수도원 쪽으로 가다가 서더니 우리보고 타라고 한다. 결국 반은 걷고 반은 탄 셈이 되었다.

코르 비랍 수도원으로 오른다.

언덕 위의 이 수도원은 성자 그레고리가 13년 동안 갇혀 있었다는 지하감옥으로 유명하다.

수도원 성당 저쪽 편에 그레고리가 갇혀 있던 지하감옥이 있는 별채로 간다.

들어가면 오른쪽에 사람 하나 들어갈 만한 지하로 내려가는 계단이 있다.

일단 다른 사람들을 따라서 내려가 본다. 조그마한 지하 석실이다. 이곳은 아마도 수도승들이 기도하는 곳인 모양

코르 비랍 지하감옥 내려가는 길

아르메니아 코르 비랍

이다.

코르 비랍이 '깊은 지하감옥 (deep well 또는 deep pit)'이라는 뜻이라는데, 여기가 지하감옥일 리는 없을 것이다.

다시 올라와 왼쪽 구석으로 가니 여기에도 지하로 내려가는 철제 사다리가 있다.

천천히 내려가 보니 여긴 생각 외로 깊다. 한참 걸린다. 여기가 컴컴한 지하감옥이다.

코르 비랍 수도원 지하감옥

천정 저쪽 멀리 조그마한 환기구멍이 보인다.

그레고리 씨가 컴컴한 이곳에서 13년을 갇혀 있으면서도 기독교를 지켰다니 대단한 일이다.

기록에 의하면 여기에 가두어놓고 먹을 것도 안 주었다 한다.

43. 상상만 해도 끔찍한 일

그럼 13년을 어떻게 살았냐고?

그건 저 환기구멍으로 다른 기도교인이 몰래몰래 먹을 것을 던져 주었기 때문에 살 수 있었다고 한다.

먹을 것은 그렇게 해결했다 하더라도, 대소변은 어찌 처리했을까? 상상만 해도 정말 끔찍한 일이다.

그리고 '사람의 신념이란 참으로 대단한 일이구나!'라는 것을 느꼈다.

그레고리는 왜 이 끔찍한 곳에서 13년의 세월을 보내야 했을까?

그레고리의 아버지는 아랍의 귀족이었는데, 이슬람 왕의 지령에 따라 아르메니아 왕 코스로프 2세(Khosrov II)의 암살 음모에 관여하였다가 붙잡혀 가족들 대부분이 처형되었으나, 어린 그레고리만 괴뢰메로 도망갔다고 한다.

괴뢰메에서 기독교 사제가 되고 장가도 간 그레고리는 고향인 아르메니아로 돌아왔는데……

이때 아르메니아 임금님은 코스로프 2세의 아들인 티리다테스 3세(Tiridates III)였다.

기억력이 좋아 과거를 잊지 않고 있던 이 임금님이 그레고리를 잡아 가두고는 이교도 신전에 헌화하라고 명령했다는디…….

그렇지만 신념의 사나이 그레고리가 이를 받아들일 리가 없지.

당연히 거부!!!

결국 고문을 당하고 코르 비랍 지하 감옥에 갇히게 되었고, 밥도 주지 않았다고 한다.

이때 한 기독교신자인 한 여인이 천정에 있는 환기 구멍으로 몰

아르메니아 코르 비랍

령하였는데, 그레고리가 임금님 앞에서 기도를 하자 병이 깨끗이 낫는 기적이 발생하였다.

이에 과거를 회개한 왕은 그레고리에게 속죄하고, 즈바르트노츠 교회에서 세례를 받은 후 기독교를 국교로 공인하였다고 한다.

요게 301년에 이루어진 사건이고. 아르메니아가 세계 최초의 기독교 국가가 된 연유이다.

그러나 티리다테스 3세가 병이 난 이유와 기독교를 공인하게 된 이유에 대해 다른 설을 주장하는 사람들도 있다.

곧, 티리다테스 3세는 로마와 동맹을 맺고 페르시아를 물리친 영웅이었는데, 로마 황제 디오클레티아누스가 약속을 어기고 아르메니아 서쪽 땅을 침략하여 빼앗아 버렸다.

코르 비랍 수도원: 성당

아르메니아 코르 비랍

이에 티리다테스 3세는 화병이 나 시름시름 앓게 되었고, 왕의 여동생 권유로 그레고리를 데려와서 기도를 하게 했고 결국 병이 나았다고 한다.

한편 일부 역사가들은 이 당시 아르메니아에는 기독교 신자가 많이 있는 상태였고, 로마의 침략에 대항하려는 왕이 기독교를 계속 억압하면서 전쟁을 할 수는 없었기 때문에 301년 세계 최초로 기독교를 공인한 것이라고 주장하기도 한다.

43. 상상만 해도 끔찍한 일

44. 여행이 친구를 만든다.

지하 감옥에서 만난 여행자들이 사진을 찍으면서 같이 찍자고 한다. 일명, 코르 비랍 지하감옥 동문 사진이다.

아르헨티나에서 온 청년 둘과, 브라질 처녀, 러시아 처녀, 그리고 아르메니아 부부 등과 같이 사진을 찍고 페이스북 주소를 가르쳐 준다.

이들은 어제 채소 파는 시장에서 만났다는데, 하룻밤 같이 놀고는 서로 친해져 이곳에 같이 오게 된 것이라 한다.

한편 아르메니아 부부는 가족과 함께 온 분인데, 여기에서 만나

코르 비랍 지하감옥 동문들

아르메니아 코르 비랍

친해졌고.

이들 중 아르헨티나 청년 프랑코(Franco)와 러시아 처녀 올가(Olga)는 아르헨티나에서 러시아까지 그리고 이곳까지 3년 7개월째 차를 몰고 여행 중이라고 한다. 곧, 아르헨티나-볼리비아-에콰도르-멕시코-알라스카-러시아-유럽-조지아로 온 것이다.

이들은 아르메니아-파키스탄-인도를 여행하고 다시 유럽으로 갈 예정이라 한다.

대단한 친구들이다.

돈 떨어지면 아르바이트해서 여비를 모으고, 돈이 좀 모이면 다시 떠나고, 잠은 차에서 자고, 먹는 건 싸구려로 먹으

코르 비랍 수도원 뒷산

44. 여행이 친구를 만든다.

아라라트 산은 구름에 가리고.

면서 가고 싶은 대로 다니는 방랑객들이다.

여행에서 사람들을 만나면 쉽게 친해진다.

여행하는 사람들은 늘 새로운 곳에 있기에 같은 처지의 여행자들을 도와주려고 하는 마음이 무의식 저쪽에 자리 잡고 있기 때문이다.

곧, 여행자끼리는 마음의 문을 쉽게 연다. 그러니 친해지기 쉬운 것이다.

여행이 친구를 만들어 주는 까닭이다.

완전 동굴 탐험을 마친 후 이들과 함께 밖으로 나와 산위로 오른다.

산위로 올라 아라라트 산을 보려 하지만, 날씨가 흐려 아라라트 산은 구름에 가려 있다.

아르메니아 코르 비랍

코르 비랍 수도원

하느님이 보여주지 않으면 볼 수가 없다. 당연한 진리이다.

아라라트 산은 노아의 방주가 최종적으로 안착한 곳(창세기 8장 4절)이라는 전설이 깃든 산인데, 실제로 노아의 방주 잔해가 발견된 곳으로 유명한 산이다.

높이는 5,165m이고, 원래 아르메니아들이 영혼이 깃든 성산으로 모시던 아르메니아 땅이었는데, 지금은 터키 영토이다.

아라라트 산이 터키 영토가 된 이유는 조지아 출신의 스탈린이 1923년 터키와 소련 간에 로잔 조약을 맺으면서 터키에 넘겨주었기 때문이다. 마치 일본과 청나라가 우리 땅 간도를 일본에 넘겨준 것과 같다.

스탈린이 아라라트 산을 터키에 넘겨준 속셈은 이곳에 살던 아르

44. 여행이 친구를 만든다.

메니아 민족주의를 견제하려 했기 때문이다.

사실 이 산은 지금은 터키 땅이 되어버린 반(Van) 지역과 지금은 이란 땅이 되어버린 우르미아(Urmia) 지역을 포함하여 아르메니아인들의 조상들이 우라르투라는 강대한 나라를 세웠던 곳이다.

우라르투 왕국은 왼쪽으로는 로마와 오른쪽으로는 페르시아와 어깨를 나란히 할 정도로 과거에는 '가장 잘 나갔던' 국가이다. 따라서 주변의 견제를 많이 받았고, 아라라트 산을 빼앗긴 것도 같은 이유이다.

결국 아르메니아인에게는 아라라트 산이 민족의 성지인 셈이다.

아르메니아인들은 최초의 기독교 국가라는 자부심에도 불구하고 노아의 방주 전설이 서려 있는 아라라트 산을 자신과는 무관하게 외세에 의하여 빼앗긴 셈이다.

얼마나 억울할까?

그래서 아르메니아 사람은 스탈린과 터키를 싫어한다. 오스만 터키 말기에 터키에 살던 아르메니아인 대부분을 추방하고, 약 100만~150만 명을 학살한 사건도 이들이 터키를 싫어하는 원인이다.

이런 아르메니아인들의 디아스포라(diaspora) 때문에 내국인보다 외국에 거주하는 아르메니아인이 더 많다. 곧, 이 나라 인구는 300만 명이지만, 외국에 거주하는 인구는 700만이 넘는다. 그래서 이들을 '제 2의 유태인'이라고도 한다.

얼마나 분하겠는가!

그래서 지금도 "아라라트 산은 우리 것!"이라고 외치고 있는 것이다.

아르메니아 코르 비랍

아르메니아 국장

터키 국기

아르메니아 국장(國章)에는 아라라트 산이 그려져 있다.

그래서 터키외교부가 항의를 했다

"니네 나라 땅도 아닌데, 왜 아라라트 산을 니들 국장에 그려 넣었냐? 기분 나쁘게시리!"

"그럼 니네는 니네 나라 땅도 아닌데, 왜 달을 국기에 그려 넣었는감? 잔소리 말고 아라라트 산이나 돌려 둬!"

뿐만 아니다. 아르메니아의 가장 유명한 와인 브랜디 회사는 가장 유명한 브랜디 이름을 아라라트라고 지었다.

요 술은 나도 마셔봤다.

소련 시대에 조지아는 와인, 아르메니아는 와인을 증류한 브랜디를 특산품으로 집중 지원 육성했다고 한다.

44. 여행이 친구를 만든다.

그 이유는 포도의 종류가 다르기 때문이라고 한다. 곧, 아르메니아 포도는 당도가 높아 와인보다는 브랜딩하여 브랜디로 만드는 게 더 좋았다는 거다.

꼬냑이라는 이름은 사실 프랑스 꼬냑 지방에서 나는 브랜디만 그 이름을 붙일 수 있다는데, 워낙 유명한 이름이라서 포도주를 증류한 브랜디를 그냥 꼬냑이라고 부르면 쉽게 알아듣기 때문에 꼬냑이라고 부른 것이다.

실제로 옛 소련 시절에 조지아 브랜디는 인기가 짱인 상품이었고, 지금도 세계 곳곳으로 수출하는 효자 상품이다.

예레반에는 유명한 브랜디 제조장이 있는데, 관광객들은 이곳에서 투어를 한다. 외국에서 온 국빈들 역시 빠짐없이 여기를 방문한다고 한다. 예컨대, 주당이었던 옐친 전 러시아 대통령도 여기를 다녀갔고,

아르메니아 꼬냑

아르메니아 코르 비랍

바웬사 전 폴란드 대통령도 왔다 갔다고 한다.

여담이지만 스탈린이 윈스턴 처칠에게 아르메니아 브랜디를 1년 동안 하루에 한 병씩 마시라고 365병을 보냈다는 이야기도 있다.

한편, 이 이야기와는 조금 다른 버전도 있다.

곧, 얄타 회담 때 당대 최고의 기술자가 만든 50도의 아르메니아 브랜디를 마셔보고 반한 처칠에게 스탈린은 한 달에 1박스씩 보내주기로 약속하고 이 약속을 철저히 이행하였는데, 어느 날 처칠은 스탈린이 보내준 술들을 돌려보냈다고 한다.

스탈린이

"그렇게 좋아하던 아르메니안 브랜디를 왜 안 마시고, 돌려보냈는고?"

그 이유를 물었더니

"이 술이 옛날 마시던 그 술이 아녀. 난 이런 술은 안 마셔! 니나 많이 마셔!"라고 대꾸했다는 거다.

스탈린이 알아보니 브랜디를 증류하던 최고기술자를 시베리아로 귀양 보낸 다음부터 술맛이 변했다는 거다.

스탈린은 '고놈 참 귀신이네!'라고 속으로 씨부렁거리면서 최고기술자를 다시 불러들여 술을 만들게 해서 처칠에게 보내주었다고 한다. 물론 처칠 씨는 다시 술을 즐겁게 매일 한 병씩 마셨다는 이야기이다.

더욱이 술을 엄격하게 금하고 있는 이란의 고위 성직자들도 이 브랜디에 환장을 했다는 이야기가 지금도 이란 전역에서 회자되고 있다는데……

44. 여행이 친구를 만든다.

코르 비랍 언덕 아래 공동묘지

갑자기 이야기가 옆으로 샜다.

아라라트 산은 결국 보질 못하고 산에서 내려온다.

내려오는 길에 보이는 코르 비랍 수도원이 멋있다.

그리고 왼쪽으로는 공동묘지가 있는데, 마침 장례 행렬이 들어와 장례식을 한다.

프랑코와 올가는 우릴 예레반 가는 길목까지 태워다 준다. 그리고는 내려서 예레반 가는 버스를 세워 태워주면서 손을 흔든다.

감사하다.

예레반에 도착하니 3시가 조금 넘었을 뿐이다.

어제 갔던 음식점 매니저가 반가이 맞는다. 주문을 받더니, 단골이라며 빵을 두 개 서비스로 준다.

아르메니아 코르 비랍

닭 날개구이, 돼지구이를 홍차와 함께 먹는다. 3,500드람(약 8,500원).

그리곤 병원을 찾아간다.

엉덩이와 허리 부근이 무엇에 물린 모양인지 손톱만한 크기의 부스럼처럼 부어올랐는데, 거기만 아픈 게 아니라 허벅지 안쪽과 가래톳까지 아픔이 전해진다, 걸을 때마다 통증이 생겼기 때문에 그대로 방치할 수 없어서다.

병원에서 의사가 보더니 ㅇㅇㅇ라며 처방전을 떼어준다. 설명은 접수대의 예쁜 여자가 통역하면서 해준다.

설명을 들으니 일종의 대상포진 비슷한 거라 한다. 어렸을 때 홍역이나 성홍열 등을 앓았을 때 바이러스가 잠복해 있다가 면역 기능이 떨어지면 나타난다는 거다.

병원비 10,000드람, 약값 5,270드람, 우리 돈으로 약 36,000원 정도가 들었다.

약 일주일 정도면 통증도 가라앉고, 상처도 아물거라니 일단 안심이 된다.

난 또 무슨 쯔쯔가무시 같은 건가 걱정을 했는데…….

44. 여행이 친구를 만든다.

45. 세반 호수 풍경

2018년 11월 9일(금)

오늘 일정은 세반(Sevan) 호수 방문이다.

세반 호수는 코카사스에서 제일 큰 담수호이다. 곧, 면적이 1,243 km²로 아르메니아 국토의 5%를 차지할 만큼 큰 호수라서 아르메니아의 바다로 불린다.

주변으로부터 28개의 강과 하천이 흘러드는 해발 1,900m에 위치한 민물호수로서 세계에서 가장 높은 민물 호수 중의 하나이다.

참고로 백두산 천지는 해발 2,189m이다.

세반 호는 반(Van) 호와 우르미아(Urmia) 호와 함께 고대 아르메

아라갓 산

아르메니아 세반

예레반 북부 버스 정류장

니아 왕국의 세 호수 중 하나라고 한다.

이 호수들 가운데 유일하게 아르메니아 땅 안에 있는 것이 세반 호수이다.

세반(Sevan)은 '검은 반(Van)'이라는 뜻이다.

호수가 어두운 색을 띄어 이런 이름을 지은 것이라고 하는데, 호수 물이 검은 것은 아니고 구름에 그림자가 지어 검게 보이는 것뿐이다.

세반 호수로 가려면 예레반 북부정류장

에서 시외버스를 갈아타야 한다.

북부정류장까지는 시내버스 46번을 타고 간다.

북부정류장에 내려 북쪽을 보니, 흰 눈이 쌓인 아라갓(Aragats) 산이 보인다.

10시에 317번 마슈르카를 타고 세바나방크 수도원((Sevanavank)

Monastery)에 내린다.

세바나방크까지 가는 길은 좋다.

세바나방크 주차장에 내려 산 위의 수도원을 보러 산을 오른다.

이 수도원은 원래 세반 호수의 섬 위에 세워 놓은 것인데, 호수의 물이 줄어들어 섬이 육지와 연결되어 반도가 되었기에 세바나방크 수도원이라고 부른다.

수도원 오르는 길은 시장을 지나야 한다.

비록 성수기는 지났어도 노점들의 기념품들이 손님의 눈길을 끈다. 푸른 색 유리조각 같은, 나중에 알고 보니 월장석이라는 녹색의 오팔 원석도 팔고, 인형도 팔고, 석류 모양의 장식품도 판다.

세반 남쪽의 설산들이 예쁘다.

세반 호수 남쪽 설산

아르메니아 세반

세바나방크 수도원 오르는 길의 화가

일단 산 위로 오른다.

오르는 길가에는 자신이 그린 그림들을 팔기 위해 진열해 놓고 화가들이 그림을 그리고 있다.

좋은 그림들도 있다만, 사서 들고 다닐 수가 없다. 돈도 그렇고……

예술가의 삶이란 참으로 힘든 삶이다. 저 그림들이 팔려야 할 텐데……

오르면서 호수를 본다. 호수 너머로 둥그런 언덕처럼 된 산이 하얀 눈으로 덮여 있는 것이 너무나 아름답다.

조지아의 산이 남성적이라면, 이곳 아르메니아의 산은 여성적이다.

이 호수에 전해 내려오는 '짝사랑의 비극'이라는 전설이 세반호수를 더욱 슬픈 눈으로 보게 만든다.

옛날 이 호수에서 열심히 수영하는 소년과 이 소년을 짝사랑하는 소녀가 있었다고 한다.

이 소년은 올림픽에 나갈 것도 아니면서 열심히 수영을 하다가 밤늦게 집으로 돌아갔다는데, 짝사랑 소녀는 밤에 이 소년을 위해 매일 언덕에 등불을 켜 놓았다.

그런데도 이 소년은 이 소녀의 정성도 모른 채 수영만 열심히 할 뿐, 이 소녀를 쳐다보지도 않았다.

참 미련한지고!

이 소녀는 울면서 소년이 자기를 '사랑하지 않는구나!', '헛고생했구나!' 생각하여 어느 날부터 등불을 밝히지 않았다.

세바나방크 수도원

아르메니아 세반

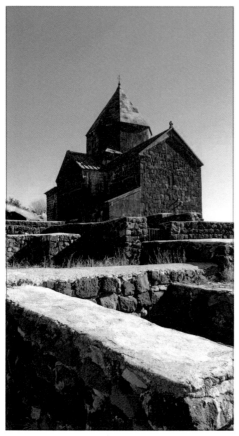

세바나방크 수도원

그런데 이 소년, 수영을 하다가 등불이 없어 방향을 잃어 결국 물에 빠져 죽고 말았다는 슬픈 전설이다.

이 소년이 죽기 전에 외친 말이 지금도 밤에 귀를 기울이면 들려온다는데, 그것은 "오, 나의 등불은 어디에?"라는 말이라 한다.

세바나방크 수도원은 세반 호수가 해발 1,900미터이니까 여기에서 50미터 정도 언덕을 더 올라가야 하니 1,950미터 딱 한라산 높이에 세운 수도원인데, 9세기에 지은 건물이라서 그런지 예스럽고 조용하고 평화로운 곳이다.

수도원 뒤로 언덕을 조금 더 오르면서 세반 호수의 경치를 감상하는데, 할머니 한 분이 손에 조그마하게 깨진 월장석과 석류 목걸이(?)를 팔아달라고 쫓아다닌다.

45. 세반 호수 풍경

주내가 석류가 달린 장식품을 몇 개 산다.

난 석류보다는 월장석의 녹색이 그윽하여 월장석에 훨씬 관심이 간다.

이 월장석은 호수 밑에서 채취한 것이라 한다. 그러니 이 월장석 이야말로 이곳 특산품인 셈이다.

조그마한 것 하나를 1,000드람(약 2,400원) 주고 기념으로 산다.

언덕을 내려오니 택시기사가 세바나방크-딜리잔(Dilijan)-고쉬 (Gosh)-세반으로 갔다 오는데 15,000드람(약 36,000원) 달라고 한다.

딜리잔도 방문해보고 싶은 곳이긴 하나 택시비가 부담스럽다.

두 사람 더 태우고 차비를 공동 부담하면 반값이면 될 듯싶어, 두 사람 더 데려오라고 일러놓고, 우린 점심을 먹는다.

세바나방크

아르메니아 세반

딜리잔: 로터리의 동상

점심은 이곳 세반에서 나는 흰 생선 2,500드람, 감자튀김 1,000드람, 블랙티 500, 세금10%, 총 4,400드람(약 11,000원)으로 해결한다.

생선은 우리나라 생선만큼 맛있지는 않았지만, 세반 호수에서 잡아온 물고기라 하여 오랜만에 맛을 본 것이다

밥을 먹는 동안 이 식당 주인아주머니는 무엇이 그리 흥에 겨운지 음악을 틀어놓고 한참 동안 혼자 춤을 추는데 보통 솜씨가 아니다. 식당보다는 무희로 나가면 성공했을 듯 싶을 정도로 춤 솜씨가 일품이다.

우린 박수를 쳐주며 이를 비디오에 담았는데, 여기에 올리지 못해 안타깝다.

여하튼 주인아주머니의 공연을 보면서 점심을 먹었으니, 음식맛보

다도 기분이 좋고, 상쾌하다.

이것도 관광이다.

택시는 다른 사람을 구하지 못하여, 우리 둘만 타고 가기로 했는데 택시비는 11,000드람(약 27,000원 정도)으로 깎았다.

1시 45분, 호숫가를 달리던 차가 산속으로 들어서며 고갯길을 돌고 돌며 오른다.

고개를 넘어 얼마 안 가니 딜리잔이다.

딜리잔에서는 로터리에 차를 잠깐 세운다.

저쪽 길 건너 기념품 상점 앞에는 신부와 그 앞에 두 사람이 서서 이야기하는 듯한 재미있는 동상이 서 있고, 오른쪽으로는 뾰족한 다섯 개의 화살촉 모양의 하얀 탑이 서 있다.

46 중세 건물의 걸작품

2018년 11월 9일(금)

다시 차를 타고 하가르친(Haghartsin) 수도원을 향해 달리는 오른 편에는 언덕 위 숲 속에 집들이 옹기종기 아기자기하게 모여 있는 아름다운 풍경이다.

하가르친 수도원은 딜리잔 국립공원(Dillijan National Park) 안에 있는 수도원으로 12세기 말 아르메니아 북동 지역의 영적, 문화적 중심지 역할을 했던 곳이다.

주변의 산들은 높은 바위산인데, 수도원으로 들어가는 길이 좋다.

하가르친 수도원 교회들

하가르친 수도원: 성 아스트바차진 교회 내부

너도밤나무 숲을 지나면 수도원과 몇 개의 교회당이 옛 유적과 함께 나타난다.

이 수도원 단지(Monastery Complex)는 10-14세기 사이에 지은 것이라는데, 성 스테파노의 교회, 성 그레고리의 교회, 성 아스트바차진 교회 등 몇 개의 건물들이 모여 있는데 참 아름답다.

중세 건축의 걸작품으로 알려진 명성대로 건축물들이 꽤 볼 만하다.

물론 새로 개보수한 건물들이지만, 교회당 안으로 들어가 보면 옛날 정취가 난다.

12세기에 지은 이 수도원에는 몽골 계 어린이와 함께 있는 마돈나 조각품이 있다. 아마도 몽골이나 터키의 침략으로 인한 피해를 줄

이기 위해 만든 것이라 한다.

교회 건물 밖엔 기둥만 남아 있는 곳도 있다.

이곳에서 발굴된 350㎏의 청동 양동이는 야금(冶金)의 예술적 가치가 높은 것이라는데, 현재 아르메니아의 국립역사박물관에 보관되어 있다.

왼쪽 첫 번째 건물을 들어가면 이 수도원의 역사가 사진에 담겨 있다.

완전 산속에 둘러 싸여 있는 이 수도원은 왜 하필 이런 곳에 자

성 아스트바차진 교회 내부

벼락 맞은 고목

46. 중세 건물의 걸작품

고쉬아방크 수도원

리를 잡았을까?

하가르친이 '독수리의 춤'이라는 뜻이라는데, 혹시 독수리하고 관계가 있는 건 아닐까?

교회당 건물 뒤쪽으로 가보니 벼락 맞아 죽은 덩치 큰 고목이 이 교회의 역사를 말해주는 듯하다.

일설에 의하면, 이 나무는 수도승이 촛불을 붙이다가 태워버린 호두나무라고 한다.

내가 볼 땐 벼락 맞은 나무인데…….

이제 차를 타고 고쉬(Gosh)로 향한다.

고쉬로 가는 길의 산들은 높은 바위산이다.

아래는 잎 떨어진 나무들이 빽빽한데, 산위는 바위들만 보인다.

아르메니아 세반/딜리잔/고쉬

　고쉬엔 12-13세기에 세운 옛 수도원인 고쉬아방크 수도원 단지 (Goshavank Monastery Complex)가 있다.

　수도원에 들어가기 전 왼쪽에는 이 수도원을 지었다는 므키타르 고쉬(Mkhitar Gosh: 1130 -1213)의 동상이 있다.

고쉬 동상

　고쉬는 12-3세기 아르메니아의 대표적인 현인으로 일컬어지는데, 한 손엔 저울을 들고 다른 한 손은 펴 놓은 책 위에 얹고는 무엇인가를 심판하는 듯한 모습으로 앉아 있다.

　변호사이자 신학자이고 연대기 작성자이자 철학자인 고쉬는 지진으로 무너진 케틱(Gethic) 수도원의 폐허 근처에 이 수도원을 짓고 죽어서는 이곳에 묻혔다고 한다.

　이 양반은 워낙

지혜롭기로 소문이 나, 멀리 떨어진 곳에서 신학자뿐만 아니라 과학자들을 포함하여 많은 사람들이 와 이 분한테 배웠다고 한다.

고쉬는 대중적 우화, 신성한 노래, 신학 논문 및 역사적 저작물 중 하나로 간주되는 〈법전 강령〉을 비롯한 수많은 작품의 저자였고, 자카르 2세(Zakar II)의 고문이자 자문위원으로 활동했다고 한다.

고쉬: 성 사르기스 예배당

원래 수도원 이름은 노르 게틱(Nor Gethic: New Gethic)이라고 불렀으나, 1213년에 고쉬아방크(Goshavank)로 이름을 변경하였다.

이 수도원은 중세 아르메니아의 가장 유명한 종교 및 교육 센터 중 하나로 기능하였다.

이 옛 수도원도 볼 만하긴 하지만, 이 수도원 맞은편 숲속 이곳저곳에 박혀있는 집들이 만들어 내는 풍경이 참 평화롭고 아름답다.

또한 저쪽 산등성이 쪽의 자그마한 옛 교회 역시 내 눈길을 끈다. 지도를 찾아보니 성 사르기스 예배당(Saint Sargis Chapel)이라고 되어 있다.

46. 중세 건물의 걸작품

47. 그걸 왜 물어?

2018년 11월 9일(금)

이제 기사는 차를 돌려 다시 세반으로 가면서 하이라방크 수도원(Hayravank Monastery)을 들리겠냐고 묻는다.

우리야 무엇이든 하나라도 더 보고 싶은 사람들이니 당연히 '예스'지~! 그걸 왜 물어?

하이라방크 수도원이든 하희라방크 수도원이든!

우린 외우기 좋게 그냥 하희라 수도원이라고 부른다.

탤런트 하희라 씨가 오면 좋아하겠다. 자기 이름의 수도원이 있으니……

하이라방크 수도원

아르메니아 세반/딜리잔/고쉬

　　탤런트 최수종 씨는 싫어할지도 모르겠다. 워낙 의가 좋아 부부싸움은 안 하겠지만, 하희라 씨가 삐지면 아마 여기로 올지도 모르기 때문이다.

　　차는 호숫가를 따라 남쪽으로 내려간다.

　　하희라 수도원은 큰 길에서 세반 호수 쪽으로 조금 들어간 곳에 있는데, 들어가는 길의 왼쪽에 누런 이끼가 낀 듯한 자그마한 돌들이 모여 있는 언덕이 있다.

　　이 수도원은 세반 호숫가의 둔덕 위에 있는데, 둔덕 자체가 누런 이끼가 낀 돌이고, 이 수도원 지붕 역시 누런색이어서 석양에 누런색들이 햇빛을 받아 누렇게 빛난다.

　　그런대로 경치는 볼 만하다.

하이라방크 수도원 앞 세반 호수

47. 그걸 왜 물어?

캐스케이드 앞 정원 야경

이 수도원 뒤로 가 호수를 보니 호수에는 갈대들이 둥근 타원형을 이루며 작은 섬처럼 여기저기 있는 모습 또한 볼 만하다.

다시 수도원을 나와 세반 버스 정류장으로 가 371번 마슈르카(500드람)을 타고, 캐스케이드에 제일 가까운 전철역에서 내린다.

어차피 저녁을 먹고 들어가기 위해서다.

캐스케이드로 가면서 보니 사람들이 많이 있는 피자집이 있어 들어가려다, 캐스케이드 앞 정원 옆에 있는 북경이라는 중국집이 생각나 캐스케이드로 가며 도시의 야경을 구경한다.

캐스케이드는 조명을 해 놓으니 낮보다 훨씬 멋있다.

낮에 보는 것하고는 전혀 다른 맛이다.

158

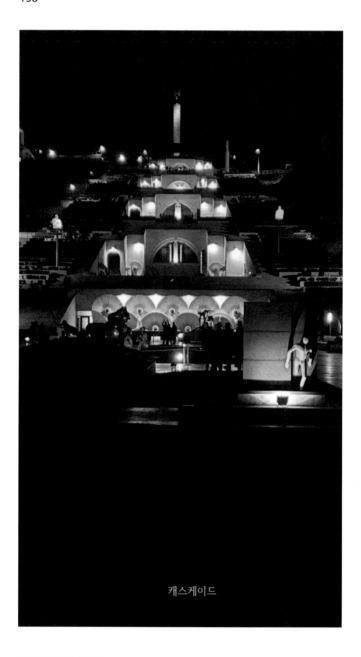

캐스케이드

47. 그걸 왜 물어?

어둠은 숨겨줄 것은 숨기면서 드러낼 것은 잘 들어내는, 그래서 아름답게만 보이게 하는 덕이 있다.

조명의 힘은 정말 위대하다!

이곳으로 오길 정말 잘했다.

여기 오시는 분들은 낮에도 와보시고, 밤에도 꼭 와 보시라고 강력히 권한다.

몇 가지 사진을 찍고 〈북경〉이라는 식당으로 들어간다.

해산물 볶음밥 등을 먹는다.

이곳 역시 중국 음식보다도 퓨전 요리를 판다. 맛도 그저 그렇다.

다시 전철역으로 가 호텔이 있는 기차역까지 온다. 문제없는 호텔 들어가기 전에 라면을 사서 가지고 들어간다.

8시 반이다.

〈조지아 아르메니아 여행기 3으로 연결〉

아르메니아 세반/딜리잔/고쉬

책 소개

* 여기 소개하는 책들은 **주문형 도서**(pod: publish on demand) 이므로 시중 서점에는 없습니다. 교보문고나 부크크에 인터넷으로 주문하시면 4-5일 걸려 배송됩니다.

http//pubple.kyobobook.co.kr/ 참조.

http://www.bookk.co.kr/store/newCart 참조.

여행기(칼라판)

〈일본 여행기 1: 대마도, 규슈〉 별 거 없다데스! 부크크. 2020. 국판 202쪽. 14,600원.

〈일본 여행기 2:고베 교토 나라 오사카〉 별 거 있다데스! 부크크. 2020. 국판 180쪽. 13,700원.

〈타이완 일주기 1: 타이베이, 타이중, 아리산, 타이난, 가오슝〉 자연이 만든 보물 1. 부크크. 2020. 국판 208쪽. 14,900원.

〈타이완 일주기 2: 헝춘, 컨딩, 타이동, 화롄, 지룽,타이베이〉 자연이 만든 보물 2. 부크크. 2020. 국판 166쪽. 13,200원.

〈동남아시아 여행기: 태국 말레이시아〉 우좌! 우좌! 부크크. 2019. 국판 234쪽. 16,200원.

〈인도네시아 기행〉 신(神)들의 나라. 부크크. 2019. 국판 132쪽. 12,000 원.

〈중앙아시아 여행기 1: 카자흐스탄, 키르기스스탄〉 천산이 품은 그림 1. 부크크. 2020. 국판 182쪽. 13,800원.

〈중앙아시아 여행기 2: 카자흐스탄, 키르기스스탄〉 천산이 품은 그림 2. 부크크. 2020. 국판 180쪽. 13,700원.

〈조지아, 아르메니아 여행기 1〉 코카사스의 보물을 찾아 1. 부크크. 2020. 국판 184쪽. 13,900원.

〈조지아, 아르메니아 여행기 2〉 코카사스의 보물을 찾아 2. 부크크. 2020. 국판 182쪽. 13,800원.

〈조지아, 아르메니아 여행기 3〉 코카사스의 보물을 찾아 3. 부크크. 2020. 국판 192쪽. 14.200원.

〈마다가스카르 여행기〉 왜 거꾸로 서 있니? 부크크. 2019. 국판 276
　　쪽. 21,300원.

〈러시아 여행기 1부: 아시아〉 시베리아를 횡단하며. 부크크. 2019.
　　국판 296쪽. 24,300원.

〈러시아 여행기 2부: 모스크바 / 쌩 빼쩨르부르그〉 문화와 예술의
　　향기. 부크크. 2019. 국판 264쪽. 19,500원.

〈러시아 여행기 3부: 모스크바 / 모스크바 근교〉 동화 속의 아름다
　　움을 꿈꾸며. 부크크. 2019. 국판 276쪽. 21.300원.

〈유럽 여행기: 동구 겨울 여행〉 집착이 삶의 무게라고. 부크크. 2019.
　　국판 300쪽. 24,900원.

〈북유럽 여행기: 스웨덴-노르웨이〉 세계에서 제일 아름다운 곳. 부크
　　크. 2019. 국판 256쪽. 18,300원.

〈포르투갈 스페인 여행기〉 이제는 고생 끝. 하나님께서 짐을 벗겨주
　　셨노라! 부크크. 2020. 국판 200쪽. 14,500원.

〈미국 여행기 1: 샌프란시스코, 라센, 옐로우스톤, 그랜드 캐년, 데스
　　밸리, 하와이〉 허! 참, 이상한 나라여! 부크크. 2020. 국판 328
　　쪽. 27,700원.

〈미국 여행기 2: 캘리포니아, 네바다, 유타, 아리조나, 오레곤, 워싱턴〉 보면 볼수록 신기한 나라! 부크크. 2020. 국판 278쪽. 21,600원.

〈미국 여행기 3: 미국 동부, 남부. 중부, 캐나다 오타와 주〉 그리움을 찾아서. 부크크. 2020. 국판 288쪽. 23,100원.

〈멕시코 기행〉 마야를 찾아서. 부크크. 2020. 국판 298쪽. 24,600원.

〈페루 기행〉 잉카를 찾아서. 부크크. 2020. 국판 250쪽. 17,000원.

〈남미 여행기 1: 도미니카 콜롬비아 볼리비아 칠레〉 아름다운 여행. 부크크. 2020. 국판 262쪽. 19,200원.

〈남미 여행기 2: 아르헨티나 칠레 파타고니아〉 파타고니아와 이과수. 부크크. 국판 270쪽. 20.400원.

〈남미 여행기 3: 브라질 스페인 그리스〉 아름다운 여행. 부크크. 2020. 국판 262쪽. 17,700원.

여행기(흑백판)

〈중국 여행기 1: 북경, 장가계, 상해, 항주〉 크다고 기 죽어? 교보문고 퍼플. 2017. 국판 211쪽. 9,000원.

〈중국 여행기 2: 계림, 서안, 화산, 황산, 항주〉 신선이 살던 곳. 교보문고 퍼플. 2017. 국판 304쪽. 11,800원.

〈베트남 여행기〉 천하의 절경이로구나! 교보문고 퍼플. 2019. 국판 210쪽. 8,600원.

〈태국 여행기: 푸켓, 치앙마이, 치앙라이〉 깨달음은 상투의 길이에 비례한다. 교보문고 퍼플. 2018. 국판 202쪽. 10,000원.

〈동남아 여행기 1: 미얀마〉 벗으라면 벗겠어요. 교보문고 퍼플. 2018. 국판 302쪽. 11,800원.

〈동남아 여행기 2: 태국〉 이러다 성불하겠다. 교보문고 퍼플. 2018. 국판 212쪽. 9,000원.

〈동남아 여행기 3: 라오스, 싱가포르, 조호바루〉 도가니와 족발. 교보문고 퍼플. 2018. 국판 244쪽. 11,300원.

〈터키 여행기 1〉 허망을 일깨우고. 교보문고 퍼플. 2017. 국판 235쪽.
9,700원.

〈터키 여행기 2〉 잊혀버린 세월을 찾아서. 교보문고 퍼플. 2017. 국판
254쪽. 10,200원.

〈시리아 요르단 이집트 기행〉 사막을 경험하면 낙타 코가 된다. 부크
크. 2019. 국판 268쪽. 14,600원.

〈유럽여행기 1: 서부 유럽 편〉 몇 개국 도셨어요? 교보문고 퍼플. 201
7. 국판 217쪽. 10,400원.

〈유럽여행기 2: 북유럽 편〉 지나가는 것은 무엇이든 추억이 되는 거
야 교보문고 퍼플. 2017. 국판 213쪽. 9,100원.

여행기(전자출판.)

〈일본 여행기 1: 대마도, 규슈〉 별 거 없다데스! 부크크. 2019. 전자
출판. 2,000원.

〈일본 여행기 2: 오사카 교토, 나라〉 별 거 있다데스! 부크크. 2019.
전자출판. 2,000원.

〈중국 여행기 1: 북경, 장가계, 상해, 항주〉 크다고 기 죽어? 부크크. 2019. 전자출판. 2,000원.

〈중국 여행기 2: 계림, 서안, 화산, 황산, 항주〉 신선이 살던 곳. 부크크. 2019. 전자출판. 2,000원.

〈타이완 일주기 1〉 자연이 만든 보물 1. 부크크. 2019. 전자출판. 2,000원.

〈타이완 일주기 2〉 자연이 만든 보물 2. 부크크. 2019. 전자출판. 1,500원.

〈동남아 여행기 1: 미얀마〉 벗으라면 벗겠어요. 부크크. 2019. 전자출판. 2,000원.

〈동남아 여행기 2: 태국〉 이러다 성불하겠다. 부크크. 2019. 전자출판. 2,000원.

〈동남아 여행기 3: 라오스, 싱가포르, 조호바루〉 도가니와 족발. 부크크. 2019. 전자출판. 2,000원.

〈동남아 여행기 1: 수코타이, 파타야, 코타키나발루〉 우좌! 우좌! 부크크. 2019. 전자출판. 2,000원.

〈태국 여행기: 푸켓, 치앙마이, 치앙라이〉 깨달음은 상투의 길이에 비례한다. 부크크. 2019. 전자출판. 2,000원.

〈인도네시아 기행〉 신(神)들의 나라. 부크크. 2019. 전자출판. 2,000원.

〈중앙아시아 여행기 1: 카자흐스탄, 키르기스스탄〉 천산이 품은 그림 1. 부크크. 2019. 전자출판. 2,000원.

〈중앙아시아 여행기 2: 카자흐스탄, 키르기스스탄〉 천산이 품은 그림 2. 부크크. 2019. 전자출판. 2,000원.

〈조지아, 아르메니아 여행기 1〉 코카사스의 보물을 찾아 1. 부크크. 2019. 전자출판. 2,000원.

〈조지아, 아르메니아 여행기 2〉 코카사스의 보물을 찾아 2. 부크크. 2019. 전자출판. 2,000원.

〈조지아, 아르메니아 여행기 3〉 코카사스의 보물을 찾아 3. 부크크. 2019. 전자출판. 2,000원.

〈러시아 여행기 1부: 아시아 편〉 시베리아를 횡단하며. 부크크. 2019. 전자출판. 2,500원.

〈러시아 여행기 2부: 모스크바 / 쌩 빼쩨르부르그〉 문화와 예술의 향기. 부크크. 2019. 전자출판. 2,500원.

〈러시아 여행기 3부: 모스크바 / 모스크바 근교〉 동화 속의 아름다움을 꿈꾸며. 부크크. 2019. 전자출판. 2,500원.

〈북유럽 여행기: 스웨덴-노르웨이〉 세계에서 제일 아름다운 곳. 부크크. 2019. 전자출판. 2,500원.

〈유럽 여행기: 동구 겨울 여행〉 집착이 삶의 무게라고. 부크크. 2019. 전자출판. 3,000원.

〈터키 여행기 1〉 허망을 일깨우고. 부크크. 2019. 전자출판. 2,500원.

〈터키 여행기 2〉 잊혀버린 세월을 찾아서. 부크크. 2019. 전자출판. 2,500원.

〈시리아 요르단 이집트 기행〉 사막을 경험하면 낙타 코가 된다. 부크크. 2019. 전자출판. 2,500원.

〈마다가스카르 여행기〉 왜 거꾸로 서 있니? 부크크. 2019. 전자출판. 2,500원.

〈미국 여행기 1: 샌프란시스코, 라센, 옐로우스톤, 그랜드 캐년, 데스 밸리, 하와이〉 허! 참, 이상한 나라여! 부크크. 2020. 전자출판. 3,000원

〈미국 여행기 2: 캘리포니아, 네바다, 유타, 아리조나, 오레곤, 워싱턴〉 보면 볼수록 신기한 나라! 부크크. 2020. 전자출판. 2,500원.

〈미국 여행기 3: 미국 동부, 남부. 중부, 캐나다 오타와 주〉 그리움을 찾아서. 부크크. 2020. 전자출판. 2,500원.

〈멕시코 기행〉 마야를 찾아서. 부크크. 2020. 전자출판. 3,000원.

〈페루 기행〉 잉카를 찾아서. 부크크. 2020. 전자출판. 2,500원.

〈남미 여행기 1: 도미니카 콜롬비아 볼리비아 칠레〉 아름다운 여행. 부크크. 2020. 2,000원.

〈남미 여행기 2: 아르헨티나 칠레 파타고니아〉 파타고니아와 이과수. 부크크. 2020. 2,000원.

〈남미 여행기 3: 브라질 스페인 그리스〉 아름다운 여행. 부크크. 2020. 2,000원.

우리말 관련 사전 및 에세이

〈우리 뿌리말 사전: 말과 뜻의 가지치기〉. 재개정판. 교보문고 퍼플. 2020. 국배판 916쪽. 61,300원.

〈우리말의 뿌리를 찾아서 1〉 코리아는 호랑이의 나라. 교보문고 퍼플. 2016. 국판 240쪽. 11,400원.

〈우리말의 뿌리를 찾아서 1〉 코리아는 호랑이의 나라. e퍼플. 2019. 전자출판. 247쪽. 4,000원.

〈우리말의 뿌리를 찾아서 2〉 아내는 해와 같이 높은 사람. 교보문고 퍼플. 2016. 국판 234쪽. 11,100원.

〈우리말의 뿌리를 찾아서 3〉 안데스에도 가락국이⋯⋯. 교보문고 퍼플. 2017. 국판 239쪽. 11,400원.

수필: 삶의 지혜 시리즈

〈삶의 지혜 1〉 근원(根源): 앎과 삶을 위한 에세이. 교보문고 퍼플.
2017. 국판 249쪽. 10,100원.

〈삶의 지혜 2〉 아름다운 세상, 추한 세상 어느 세상에 살고 싶은가
요? 교보문고 퍼플. 2017. 국판 251쪽. 10,100원.

〈삶의 지혜 3〉 정치와 정책. 교보문고. 퍼플. 2018. 국판 296쪽. 11,500
원.

〈삶의 지혜 4〉 미국의 문화, 교보문고 퍼플. 근간.

기타

4차 산업사회와 정부의 역할. 부크크. 2020. 국판 84쪽. 8,200원, 전자책
2,000원.

지은이 소개

- 송근원

- 대전 출생

- 여행을 좋아하며 우리말과 우리 민속에 남다른 애정을 가지고
  있음.

- e-mail: gwsong51@gmail.com

- 저서: 세계 각국의 여행기와 수필 및 전문서적이 있음